디카를 들고
여슬렁

강홍구의 게으르게 사진찍기

디카를 들고 어슬렁

글 · 사진 강홍구

초판 인쇄일 2006년 11월 1일
초판 발행일 2006년 11월 6일

펴낸이   이상만
펴낸곳   마로니에북스
등 록   2003년 4월 14일 제2003-71호
주 소   (110-809) 서울시 종로구 동숭동 1-81
전 화   02-741-9191(대)
편집부   02-744-9191
팩 스   02-762-4577
홈페이지 www.maroniebooks.com

*책값은 뒤표지에 있습니다.

ISBN 89-91449-92-1
ISBN 978-89-91449-92-3

디카를 들고 어슬렁

글 · 사진 | 강홍구

마로니에북스
maroniebooks.com

변명 게으름과 무력감

사진이라는 매체를 작업에 이용하기 시작한 것은 십수 년이 지났다. 디지털 카메라를 쓰기 시작한 지는 한 7년 정도. 석 대의 카메라가 내 손을 거쳤고 넉 대째 카메라를 쓰고 있다. 회화를 전공한 내가 사진을 이용한 작업을 하리라고 생각해 본 적이 한 번도 없었다.

내가 처음 가진 카메라는 7만 원짜리 자동 카메라였고, 그 카메라가 고장이 나자 산 게 니콘 FM2였다. 사실 카메라를 산 것도 사진 작업을 위해서가 아니라 그림과 자료들을 슬라이드 필름으로 찍기 위해서였다. 렌즈도 달랑 표준 렌즈 하나였고 사진에 대해 별 관심도 없었다. 그러나 사람일이란 알 수 없는 것이어서 컴퓨터를 이용해 이미지를 만들겠다는 생각을 한 것이 결국 디지털 사진을 다루게 되고 말았다.

디지털 카메라도 없이 스캐너와 컴퓨터를 이용해 디지털 이미지를 만들던 십수 년 전부터 최근에 이르는 동안 디지털 사진은 이제 거의 필름 카메라를 밀어내버 렸다. 물론 이 쌍둥이 매체는 우열이 아니라 차이가 있을 뿐이다. 되돌아보면 그 속도가 너무 빨라 어리둥절할 정도이기는 하지만.

이제 디지털 카메라는 국민적 필수품이 되었다. 누구나 카메라를 가지고 있고, 누구나 이미지를 생산한다. 인터넷을 뒤지면 엄청난 디지털 이미지들을 볼 수 있 다. 프로에 근접한 아마추어의 사진도 부지기수다. 거기서 많이 쓰이는 말 중 하 나가 내공이다. 기술적 수준에서 그 내공은 대단하다. 디카의 모든 것에 관해 거 의 전문가에 가깝다. 렌즈와 카메라를 개조하는 것뿐만 아니라 처음 출시된 디카 의 약점들을 놀랍게 잡아낸다. 줄무늬 벤딩 노이즈, 좌녹우적 현상, 냉장고 현상 등의 새로운 용어를 만들어가며 출시된 디카들을 날카롭게 비판한다. 특히 우리 나라 유저들이 최고인 듯하다. 나도 새 카메라를 살 때마다 꼼꼼히 글들을 읽어 본다.

겪어보니 사진이라는 매체 역시 다른 시각 매체와 마찬가지로 핵심적인 것은 시선의 문제였다. 그 시선이란 시력이 아니라 무엇을 어떻게 보느냐의 문제, 즉 세계에 대한 해석과 통찰력의 문제였다.

인간의 시각은 가장 복잡하고 발달이 느린 감각 기관이다. 예술 분야에서도 마 찬가지다. 나이 어린 음악 천재, 수학 천재, 시적 천재는 있어도 나이 어린 미술 천 재는 없다. 있더라도 그럴듯한 의미 있는 작품을 생산하려면 적어도 스물 중반은 넘어야 한다. 심지어 영화도 마찬가지다. 시각적인 것을 다루니까.

시각적 정보들을 다른 시각, 다른 관점에서 보고 해석하는 일은 새로운 개념과 통찰력을 필요로 한다. 통찰은 순식간에 온다. 그걸 영감이라 불러도 좋다. 그렇게 온 순간을 놓치지 않고 깊이 있게 하는 힘은 개념 혹은 사고의 힘이다. 창조성 혹은 독창적인 어떤 것은 거기서부터일 것이다. 그럴 준비가 되어 있지 않으면 순간의 영감은 그냥 지나가고 만다. 요는 붙잡을 준비가 되어 있어야 하는 것이다. 늘 훈련하고 있다가 타석에 들어선 타자처럼 방망이를 휘둘러 공의 중심을 맞혀야 한다. 땅! 하고 맞아 뻗어가는 공은 잘 맞으면 홈런이 되기도 하고 운 좋으면 텍사스 히트가 될 것이다.

나는? 물론 아무리 생각해도 그런 적이 없다. 요는 재능이 부족한 것이다. 그게 억울하지는 않다. 이제 그럴 때도 지났고 타석에 들어서 있다는 것으로도 행복한 대타 요원이다.

행복한 대타 요원으로 디카를 들고 어떻게 작업을 했나 뒤돌아보니 가방을 메고 여기저기 어슬렁거린 것뿐이다. 그것도 일부러 찍을 거리를 찾아서 헤맨 것이 아니라 거의 사는 곳 근처에서 뭔가를 찾아 찍어 만들었다. 어느 때는 친구들과 놀러간 곳에서, 어느 때는 우연히 길을 지나다가, 혹은 길을 잘못 들어 작업을 하게 된 경우도 있다.

그러니까 내가 찍고 만든 사진들은 거의 걷기의 속도로 바라본 세상이다. 작업들을 다시 살펴보고, 쓴 글들을 보니 내가 본 세상은 별로 아름답지 않았다. 혹 겉보기에 아름답더라도 그 안쪽은 누추했다. 결국 그 누추함이 과연 무엇이고 어디서 왔는가가 내 작업의 가장 중요한 내용이 되었다. 물론 그 누추함을 어떻게 할 능력이 내게는 없다. 그러므로 그것을 바라보고, 찍고, 만들고, 불평할 뿐이다.

그러니까 어떻게 봐도 내 작업들은 결국 구경꾼의 시선에서 바라본 세계에 관한 불평과 무력감의 표현인 셈이다. 그리고 혹시나 내 작업 속에 어떤 진실이 있다면 그것은 전적으로 사진 자체의 힘이다. 사진 속에 그런 힘이 있다는 것이 사진의 가장 큰 매력이자 무서움일 것이다.

이 책이 나오게 되기까지는 우여곡절이 많았다. 원고 의뢰를 받은 것은 여러 해 전이었지만 내 게으름과 다른 사정들 때문에 이제야 책이 나오게 되었다. 어쨌든 이 책이 사진과 이미지에 관심 있는 사람들에게 읽어서 재미있고, 읽고 나면 뭔가 얻는 게 있기를 바랄 뿐이다.

강홍구

차례 >>>

도망자를 위하여

그린벨트에서

도망자를 위하여

도망자 환영 속에서

모든 기억은 불완전한 일종의 환영이다. 이제는 역사가 되어버린 광주도 마찬가지다. 1980년 5월 17일, 나는 광주에 있었다. 아니 지나가는 길이었다. 초등학교 교사였던 나는 출장을 다녀오는 길에 광주의 싸구려 여관에서 하룻밤을 보내고 학교로 돌아가는 버스 안에 있었다. 그리고 그 길에서 트럭을 타고 광주로 들어오는 군인들을 보았다.

이십 년이 넘으면 모든 기억들은 오래전에 본 영화처럼 변한다. 전체 줄거리는 어슴푸레 기억나지만, 구체적으로 어떤 일이 어떻게 벌어졌는지는 생각나지 않고 몇몇 장면들만 남아있는 영화처럼.

지금 다시 아무리 떠올려 보려 해도 역시 삐걱대던 나무 계단 위로 형광등 빛이 흐릿하게 떨어지던 여관, 시외버스 터미널, 버스, 트럭에 탄 군인들이 파편처럼 생각날 뿐이다. 그리고는 곧바로 내가 근무하던 섬으로 장소가 바뀐다. 바닷가 바로 옆에 있던 육 학급짜리 학교, 그 학교는 정말로 운동장에서 공을 차면 바다로 떨어지는 곳이었다. 운동장과 나란히 있던 학교 사택. 사택의 부엌에서 아궁이에 불을 지피며 소문과 남북한 방송 모두로 광주 소식을 들었던, 아카시아 꽃 냄새가 지독하던 오월. 나는 스물다섯 살이었다. 그리고 그 뒤로 아무것도, 그 누구도 믿지 않게 되었다.

한참 뒤, 나는 광주에 갔었다. 도청 앞과, 불탄 엠비시와 아직도 유리창이 깨진 채로 있는 시외버스 터미널을 보았다. 그런 것들을 제외하면 광주는 예전과 별 다름없어 보이기도 했다. 박정희가 총을 맞고 죽은 뒤에 벌어진 이 기괴한 역사 드라마. 역사는 개인과 전혀 무관한 것 같지만 어떤 식으로든 흔적을 남긴다. 뿐만 아니라 속박한다.

나는 무슨 대단한 의식을 가진 인간은 아니었지만 광주는 마음속에 무슨 악몽처럼 남았다. 아니 도저히 현실이라고 인정하기 싫은 이상한 영화 같기도 했다. 그 영화 속에 내 역할은 없었다. 얼굴도 비치지 않는 엑스트라이거나 그저 관객, 아니면 구경꾼일 뿐이었다. 그럼에도 역사가 가지는 무식한 몰상식성 때문인지 오래오래, 사실은 지금도 남아있다.

아마 도망자를 만들게 된 것도 그 때문일 것이다. 1996년 여름이었다. 세상에는 의무적 상처라는 것도 존재하는지 모른다. 아니면 책무감 때문에 생기는 상처라도 좋다. 처음 작업을 시작한 것은 광주가 아니었다. TV를 주제로 한 단체전을 준비하면서였다. 그 때 나는 그림 때문에 거의 절망적인 상태에 빠져 있다가 사진을 이용한 이미지를 만들기로 방향을 돌린 참이었다. 회화란 얼마나 화려하고, 무겁고, 짐스러운 무엇인가? 게다가 등 뒤에 지고 있는 역사는 얼마나 무거운가. 지금 생각하면 참으로 쓸데없는 일이지만 무언가 새롭고 의미심장한 그림을 그리고 싶었던 욕망이 그림을 막았던 것이다.

작업을 처음 할 때 염두에 두었던 것은 티비라는 매체가 가지는 권력, 그리고 그 권력 배후에 관한 것이었다. 사진을 보면 알겠지만 사진 속의 남자는 철거중인 산동네를 배경으로 뛰어가고 있다. 앞에는 티비가 놓여있고 뛰어가는 남자의 얼굴이 비친다. 그리고 아래에는 범인 강홍구라고 씌여 있다. 티비 속 남자의 얼굴은 뒤틀려 있다. 너무 빤한 은유이기는 하지만 그래야 될 것 같았다. 데포르마시옹이라고 부르는 형태의 왜곡은 정확한 말을 찾기 힘드니까 그냥 은유라고 해두자. 어쨌든 그 작품은 내 얼굴만 빼고 모든 것이 가짜였다. 아니 가짜라기보다는 수없는 인용으로 가득차 있었다. 뛰어가는 남자는 히치콕 감독의 〈북북서로 진로를 돌려라〉에 나오는 케리 그랜트이다. 사진의 배경은 어느 영화 잡지에 실린 다큐멘터리 영화의 스틸 장면이었다. 티비 역시 출처가 기억나지는 않지만 아마도 광고나 화보 사진이었을 것이다.

흔히 말하는 포스트 모던한 기법으로 만들어진 이 사진 몽타주는 모든 것이 모이자 의미가 변했다. 포스트 모던이란 80년대 후반에서 90년대에 걸쳐 우리의 문화판을 뜨겁게 달구던 논란거리였다. 아니 그때 쓰던 용어처럼 문제틀, 문제거리 problamatic 라 해두자. 그런다고 뭐 달라지지는 않지만 유식해 보이니까.

이 작품을 만들고 나서 눈에 띈 영화 스틸 사진이 지금은 활동이 뜸한 장선우 감독의 〈꽃잎〉이었다. 이정현과 문성근이 주인공이고, 최윤 원작인 광주에 대한 영

〈도망자 1〉, 1996, 합성사진, 컬러인화

화였다. 그 사진은 나중에 알고 보니 아줌마, 여고생을 찍은 시리즈로 잘 알려진 사진 작가 오형근이 찍은 것이었다. 그 사진에 도망자를 결합해보자는 생각이 자연스럽게 떠올랐다. 그리고 그렇게 했다. 그럴듯해 보여서 몇 개의 연작을 만들었다. 물론 광주를 그림 혹은 작품 속에 끌어들인 것이 처음은 아니었다. 대학원 시절에 오 일팔 옛 묘역의 묘비명을 주제로 작업한 적이 있었다. 묘비명의 사진들을 찍어와 그것을 고무판에 새긴 다음 천 위에 찍고 목탄과 검정 안료를 개어 만든 물감으로 무덤을 그린 적이 있었다. 어둡고 무거운 분위기는 그럴 듯했으나 너무 욕심을 부리는 바람에 망한 그림이었다. 게다가 판화와 페인팅 기법을 결합한 안젤름 키퍼의 작품을 보고 이 자식이 먼저 해버렸네 싶어 그만 두어버렸다.

그걸로 마음의 짐, 역사적 상처가 가셨을까. 물론 아니다. 그걸 짐이라고 부를 수도 없고, 아무것도 하지 않았는데 생겨난 이상한 역사의 트라우마라고 해야 될까.

작품 이름이 '도망자'인 이유는 간단했다. 내 삶이 도망의 연속인 듯싶었기 때문이었다. 개인적으로 손바닥만한 섬 출신 칠 남매의 장남으로 져야 하는 모든 짐으로부터 집요하게 도망쳤고, 역사로부터, 사회적 통념과 의무감, 상식 따위로부터 도망쳐왔다. 미술을 하게 된 것도 가장 그럴 듯한 도피처였기 때문인지도 모른다. 그리고 이 무렵에는 아무리 도망쳐봤자 세상 속이라는 것을 뼈저리게 깨달은 다음이었다. 의상대사가 한 말이었던가. 행행본처 지지발처行行本處, 至至發處. 가고 가도 본래 그 곳이고, 이른 곳이 떠난 곳이라는 말. 본래의 뜻과는 다

르지만 내 아무리 캐리 그랜트의 몸을 빌려 죽자고 뛰어봤자 결국 사진 속이었던

것이다.

〈도망자 2〉, 1996, 합성사진, 컬러인화

자화상 개복숭아 나무의 기억

98년 부천시 고강동에서 또 고강동으로 작업실을 옮겼다. 지하실이 아니고 비가 새지 않은 작업실로는 처음이었다. 나는 비가 새는 작업실이나 방에 깊은 원한이 있다. 5월 하순이면 비닐 장판 위로 물기가 올라오기 시작해 장마 때가 되면 방 전체에 물이 삼십 센티미터나 차오르던 홍대 앞 반지하방, 늘 습기가 차서 모든 옷이 축축하고 책 표지에 물방울이 맺히던 음습한 차고, 그 차고에서는 어느 날 껍질 없는 민달팽이가 얼굴 위로 기어가는 바람에 잠이 깨기도 했었다. 천정에서 비가 새 그림들을 몽땅 적셔 곰팡이가 피어버린 다섯 평짜리 가건물. 지붕을 뚫고 새는 비를 막기 위해 천정에 비닐 장판을 붙여 새는 물을 창문을 통해 밖으로 빠지게 했던 창고. 비가 오는 날이면 바로 얼굴 위로 물이 흐르는 소리를 들으며 잠이 들었다 깨어보면 바닥에 물이 흥건했다.

지금도 가끔 꿈을 꾼다. 비가 새고 벽이 무너지는 이상한 집에서 다른 곳으로 이사를 가야되는데 아무리 찾아도 주인을 만날 수가 없거나, 벽지에 곰팡이가 잔뜩 핀 더러운 방들이 수없이 많은 셋집에서 곰팡이를 닦느라고 애쓰는 따위의 꿈이다.

햇볕이 잘 들고 창을 열면 앞뒤로 길이 보이는 상가주택 건물의 삼층. 비가 새거나 바닥에 물이 차지 않는 작업실을 가진다는 것은 내게는 축복이었다. 앞창을 열면 시장 길이어서 약간 시끄럽지만 그런 따위는 신경 쓸 계제가 아니었다. 그리고 뒷창을 열면 거기 개복숭아 나무가 있었다. 돌돌 말린 잎과 검은 가지 사이로 솜털이 보송보송한 복숭아 몇 개를 매달고 있는 참으로 가난해 보이는 나무였다. 나무가 서 있는 바닥이 모조리 시멘트로 덮여있기 때문이었을 수도 있다.

고강동은 그린벨트 지역에 바싹 붙어 있었고 농촌 지역에서 도시로 편입된 지 그리 오래되지 않아 군데군데 농가가 어정쩡하게 남아 있었다. 개복숭아 나무는 그런 농가 귀퉁이에 갑자기 도시에 내린 시골 아이처럼 어리둥절한 자세로 서 있었다. 나이는 그렇게 많아 보이지 않았다. 한 열 살. 어린 시절의 나를 보는 듯했다. 중학교엘 다니기 위해 도시에 처음 와서 어리둥절한 표정으로 이 길 저 길을 헤매던 소년을. 일종의 감정이입 아니면 식물적 자화상쯤 됐을까. 가끔 그 나무를 내려다보며 옛날 일들을 생각했었다.

그러다 몇 달 뒤 갑자기 나무가 사라졌다. 어느 건설업자가 그 땅을 사서 연립주택을 짓기 시작한 것이었다. 마치 장난처럼 포크레인이 집을 허물더니 땅을 파헤쳤다. 자고 나니 개복숭아 나무가 없었다. 허망했다. 뭐랄까 무슨 접점을 잃어버

〈자화상 1, 2〉, 스캐너, 흑백인화

린 생각이 들었다. 심심할 때 그 나무를 보면 고향 밭가에 서 있던 개복숭아 나무와 그 밭에 심었던 고구마 넝쿨까지 떠올랐었다. 그러니까 그 나무는 내 어린 시절의 기억과 고향으로 가는 일종의 통로였던 셈이다. 그런데 나무가 사라진 것이다. 나무가 사라진 자리는 완벽하게 시멘트로 덮였다. 언젠가 그 나무를 그려줘야겠다고 생각한 지 수년이 되었는데도 아직도 그리지 못했다. 어쩌면 내가 그림을 다시 그리기 시작하면 그 나무부터일지도 모른다.

디지털 카메라를 가지고 싶었지만 불가능한 상황에서 나는 사진을 뭔가 다른 방향에서 접근하고 싶었다. 그때 생각한 것이 스캐너였다. 거금 100만 원 가까이 들여 산 스캐너는 전에 쓰던 핸드 헬드 스캐너에 비하면 대형 카메라 같았다. 디테일도 좋았고 속도도 당시로서는 그렇게 느리지 않았다. 흠이라면 조명이 늘 스캐너 내부 조명이어서 변화가 없다는 것 정도였다.

그해 여름, 햇빛이 잘 드는 작업실에서 웃통을 벗어부치고 스캐너에 온갖 물건들을 올려놓고 스캔하기 시작했다. 애기수영이나 토끼풀, 웃자란 바랭이 풀에서 책이나 손바닥, 발바닥까지. 그러다가 얼굴을 스캔하기 시작했다. 역시 스캐너 조명만으로는 모자라 손에 전구를 들고 조명을 주면서 했다. 그렇게 해서 만들어진 것이 〈나는 누구인가〉의 자화상 몇 장이었다. 그 자화상들은 600dpi 스캐너의 능력 때문에 디테일이 살아있고 전구 조명 덕분에 좀 특이한 분위기가 되었다. 당연하지만 그 속에 열 두어 살 소년도, 개복숭아 나무도 없었다. 대신에 중년 남자의 얼굴이 있었다.

나름대로 괜찮다는 판단이 들자 온몸을 스캔한 다음 모조리 이어 붙여 대작을 만들자는 생각이 떠올랐다. 신체는 인간의 숙명이라고 한 사람은 프로이드였던가. 그 숙명 덩어리를 스캐너 위에 올려 전신을 스캔한다는 것은 생각보다 쉽지 않았다. 손, 발, 다리의 일부, 얼굴은 가능했지만 몸통 부위는 결과가 신통치 않았던 것이다. 결과적으로는 실패. 내 몸무게를 너끈히 견딜 수 있을 만큼 크거나 아니면 몸에 올려놓고 쓸 만한 작은 것이 필요했다. 그러므로 포기. 나중에 보니 그 작업을 하지 않은 게 다행이기도 했다. 세상은 좁고 사람들의 아이디어는 큰 차이가 없다. 일본의 어느 젊은 친구가 소형 스캐너를 카메라 대신 들고 길바닥을 돌아다니며 만든 사진을 인터넷에서 보고 든 생각이었다.

해수욕장 남자의 등

94년인지 5년인지 잘 모르겠지만 강원도 사명산이 좋다는 말을 누군가에게서 들었다. 그래 그렇다면 가보자. 버스를 타고 춘천에 내려 무작정 소양호를 찾아간다. 버스를 타고 도착했지만 날이 어두워지자 갈 곳이 없다. 언젠가 이곳은 입대하던 친구이자 후배를 바래다주러 왔던 곳이다. 그해 겨울 소양호 건너 청평사의 얼음과 눈이 생각난다. 거의 이십 년이 다 된 일이다. 터덜터덜 잘 곳을 찾아 걸어 내려 오는데 웬 차가 멎는다. 연인이 타고 있다. 운전하던 남자가 시내 가느냐고 묻는다. 그렇다고 대답하자 타라고 한다. 차를 얻어 타고 밥과 술을 얻어먹는다. 무슨 이야기를 했는지는 아무 기억도 나지 않는다. 단지 좋은 사람이었다는 기억뿐이다. 얼굴도 이름도 아무것도 생각나지 않는다. 그날 밤 민박집에서 하룻밤을 잔다. 옆방에서는 부부나 연인이 들었는지 속삭이는 소리가 나더니 곧이어 헐떡

거리는 소리가 들린다. 아주 짧게. 축축하고 무더운 민박집 어두운 방과 일을 끝내고 퍼져 누운 남자와 여자가 떠오른다. 통속적으로.

다음 날 지나가는 버스를 집어타고 가다가 아무데서나 내린다. 아직도 소양호가 내려다보이는 산길이다. 사명산을 찾는 것은 포기한 지 오래다. 아무래도 상관없다. 날은 무덥고 길을 걷는 사람은 나 혼자뿐이다. 승용차, 트럭, 버스들이 구불거리는 길을 따라 더위로부터 필사적으로 도망간다. 아래를 내려다보면 소양호의 물, 잔뜩 이끼가 끼어 영양이 풍부한 물이 있고 길 위의 산에는 나무들이 무성하다. 길가에는 칡넝쿨이 뻗어와 있다. 칡넝쿨 끝을 잘라 껍질을 벗겨 씹어본다. 비릿하고 달짝지근한 맛, 옛날 그대로다. 나무들은 푸르고. 해는 뜨겁고, 길은 멀다.

옥수수와 차를 파는 간이 휴게소를 몇 개 지난다. 땀이 흘러 옷이 온통 젖었다. 휴게소는 천막으로 되어있고 간판들은 적당히 직접 만든 것들이다. 걷고 또 걸어 드디어 한 마을에 도착한다. 소양호로 흘러들어가는 계곡물 소리가 시원한 곳이다. 그 계곡에 피서 나온 사람들이 고무보트도 타고 삼겹살도 구워 먹는다. 아무 생각 없이 마을로 들어가 본다. 계곡을 끼고 산등성이를 따라 마을이 있다. 마을 입구에는 이제 폐교가 된 분교가 있다. 계곡 바로 옆에 울창한 나무들이 에워싼 휴양지 같은 분교다. 저 학교라면 있어 볼 만하겠다는 생각이 든다. 길을 따라 위로위로 올라가자 범죄 없는 마을이라는 팻말이 서있다. 팔십 년대부터 구십 년대까지 줄줄이 붙어 있다. 그러나 한 해가 빠져 있다. 그해에는 범죄가 있었을까.

이상하다. 오에 겐사부로 소설 속의 마을만 같다. 숲은 그보다 덜 울창하고, 시코쿠처럼 오지는 아니지만 어쩐지 외부와 단절된 그런 분위기다. 마을을 빠져 나오자 산중턱에 절이 보인다. 그 절을 목표로 걷고 또 걷는다. 절에 들어서자 분위기가 요상하다. 절이라기보다는 커다란 산신당, 아니면 요양소 분위기다. 마침 음력 칠월 보름, 백중이라 특별기도라도 있는 듯하다. 사람들 몇이 경내를 오가지만 정체를 알 수가 없다.

덥다. 너무 덥다. 땀을 식히려 계곡엘 내려가 본다. 계곡은 좁지만 급경사를 이루고 있어 물살이 빨랐다. 거의 폭포 수준에 가까웠다. 커다란 둥근 바위들이 마르께스 소설에 나오듯 하얀 공룡알처럼 포개져 있다. 그리고 사람이 없다. 사람이 없으니 맘 놓고 배낭을 내려놓고 옷을 홀라당 벗는다. 발을 담그는데 물이 너무 차다. 그래도 참고 물속으로 들어가 본다. 차가운 물이 흘러 몸을 스쳐 지나간다. 뱃가죽과 넓적다리와 젖꼭지가 오그라진다. 소름이 돋는다. 뛰쳐나왔다 다시 들어간다. 들락날락하기를 몇 번 땀이 이미 다 식었고 한기가 든다. 옷을 입는다.

민박에서 하룻밤을 자고 또 길을 걷다가, 쉬다가 버스를 탄다. 원주에 이르러 그냥 별 생각 없이 강릉 경포행 버스를 탄다. 잠이 들었다 깨니 경포대다.

사람들이 해변에 가득하다. 여름 성수기 경포대는 처음인데 도처에 구경거리다. 하룻밤 잘 곳이 있나 물었으나 빈방은 없고, 있어도 터무니없는 가격이다. 아무려면 어떤가. 바닷가에서 그냥 노숙하기로 한다. 누군가 버린 반짝이 돗자리를 주워 바닷가에 편 뒤 드러누워 하늘을 본다. 불빛 때문에 하늘도 시끄럽고 바닷가도 시끄럽다. 확성기 소리가 난다. 돗자리를 다시 개 배낭에 넣고 어슬렁어슬렁 찾아가 보니 노래자랑 대회 비슷한 것이다. 참 끈질긴 전통이다. 옛 고향 추석 때 열리던 노래자랑, 아니 콩쿨대회라고 해야 제 맛이 나는 그 전통이다. 돼지새끼와 양은솥과 냄비와 됫병 소주를 상으로 주던. 차이가 있다면 그럴듯한 무대와 조명과 카수들 뿐. 누군가 나와 기타를 들고 김현식의 '골목길'을 부른다. 제법 하는 솜씨다. 연이어 '사랑했지만'도 부른다. 박수가 울리고 소리가 커진다. 하늘도 모래도 사람들도 모두 붉었다.

　이튿날 날이 흐렸다. 사람들도 줄었다. 새벽에 사라진 것일까. 칠만 원짜리 자동

〈해수욕장 3〉, 1995, 합성사진, 흑백인화

카메라를 들고 어슬렁거린다. 사람들은 사진을 찍건 말건 신경도 쓰지 않는다. 돌아다니면서 내내 이건 일종의 병이라는 생각을 한다. 그리고 너무 자연스럽게 앙리 르페브르의 일상성에 대한 글이 떠오른다. 르페브르는 일상의 시간을 강제의 시간, 여유의 시간 등으로 나누었다. 그리고 노동, 일상성에서 떨려나지 않기 위해 소비하는 시간을 제외한 나머지 시간을 자유 시간으로 불렀다. 그러나 그 시간은 사실은 강제된 시간인 노동을 견디기 위해 유예된 것이라는 것도 지적했다. 그러니까 경포대는 그런 장소이다. 그 장소에서 가족들을 본다. 가장인 듯한 남자의 등과 먹을 것을 알루미늄 대야에 담아 팔러 다니는 아주머니를 본다. 그리고 찍는다.

《해수욕장 1》, 1995, 합성사진, 흑백인화

돌아와 두 장의 사진을 스캔해서 한 장으로 만들어 본다. 뭔가 내가 생각했던 분위기가 아니다. 남자의 등을 키워본다. 머리는 줄이고. 제법 그럴듯해진다. 분위기는 우울하다. 어쩐지 커다란 등이 가장으로서의 짐, 산다는 것의 무거움이 내부에서 찐빵처럼 부풀어 이루어진 느낌이 든다. 그러니까 결국 사명산을 보러 갔다 사명산보다 더 무거운 남자의 등을 보고 만 것이다.

전쟁공포

　새로 세든 변두리 아파트에서 야산이 보였다. 햇볕이 쨍하게 비추는데 한쪽 하늘은 먹구름이 층층이 쌓여 흘러가는 수상한 날. 엘 그레코 그림 속에 나오는 그런 하늘을 한 날이었다. 아파트 베란다에서 그 날씨를 구경하다가 카메라를 찾아든다. 찍는다. 그리고 내버려 둔다. 한참 뒤에 걸프전 사진 속의 미사일을 하늘에 띄워본다. 제목은 전쟁 공포.

　이제 전쟁은 우리의 삶에서 멀어진 것 같기도 하다. 남북내전이 멈춘 지 53년이 되간다. 내 어릴 적만 해도 전쟁 공포가 늘 마음속에 있었다. 언제 들어왔는지 모르지만 몸에 들어와 조직의 일부가 되었다. 68년 김신조, 울진 삼척 이승복이 떠오르고, 1970년 중학교 삼학년 시절의 삼선개헌이 생각나고, 72년 고등학교 이학년 때 시월 유신과 교련시범학교라서 오전 수업 이후의 끝없이 계속됐던 분열,

열병식과 총검술 훈련이 생각나고, 74년 31사단 훈련병 내무반에서 본 육영수의 죽음이 생각나고, 75년 베트남 통일이 떠오르고 궐기 대회가 겹치고, 79년 박정희의 죽음이 생각난다. 그 이후는 말도 하기 싫다. 그리고 85년이었던가, 중국 민항기가 갑자기 불시착해 급박한 목소리로 '이것은 실제 상황입니다' 했던 민방위 방송이 떠오른다. 심지어 서울에 학교 다니러 올라올 때도 만약 전쟁이 난다면 어느 다리를 어떻게 건너서 저 남쪽까지 도망갈 수 있을까도 생각했었다. 그리고 예비군 소집 해제가 되자 나이를 먹었다는 게 약간은 서글프면서도 이제 전쟁에 나가 죽을 일은 없겠구나 하고 한편 안심이 되기도 했었다.

이 공포는 어디서 왔는가. 병영국가에서 나서, 군사훈련을 받고 자라서일까. 그래서 가끔 어떤 신문들이 애국주의와 군대와 국익을 강조할 때면 그런 글들을 쓰는 자들이 아마도 전쟁이 나면 제일 먼저 해외로 도주할 것이라고 생각했다. 그런 글을 쓰는 사람들의 자식들이 병역의무를 다 했는지 아닌지 나는 모른다. 그러나 어쩐지 믿음이 가지 않는다.

우리나라 사람들은 정도의 차이는 있지만 마음속에 오래된 공포가 있다. 전쟁 공포. 개인적으로 나는 통일이 우리의 지상 목표라는 생각은 없다. 하지만 전쟁으로부터의 공포에서는 자유스러워져야 한다고 믿는다. 우리가 그런 공포에서 약간이라도 자유로워졌다면 그것은 시간의 힘이다. 그리고 더디지만 남북 관계를 말이 통하게 만든 사람들의 작은 공이기도 하다. 아주 작은 공. 그걸로 공치사하는 것은 웃기지만, 이상한 방식으로 안보를 들먹이며 공포를 유지시키려는 자들은 더 웃긴다.

전쟁공포는 개인적으로 치유할 수 있는 심리적인 것이 아니다. 그것은 집단적이다. 아마도 북쪽 사람들이 더 심할지도 모르는 전쟁공포. 그리고 그 배후에는 가진 것을 모두 잃을지도 모른다는 자기 상실에 대한 공포가 있다. 재산, 지위, 명

〈전쟁공포 7〉, 1998, 컬러인화

〈전쟁공포 3〉, 1997, 합성사진, 흑백인화

〈전쟁공포 1〉, 1998, 합성사진, 흑백인화

도망자를 위하여

예, 가족, 가장 가깝고 절실한 것들을 앗아갈 만한 것에 대해 미리 방어선을 치는 것이 이데올로기다. 그것이 맹목적이 되면 꼬이고 뒤틀린 파시즘이 되거나 그에 동조하게 된다. 그래서 전쟁공포는 무섭다. 그 힘의 일부가 투표소에서 전두환이나 노태우를 찍게 했고 지금의 기이한 수구주의자들을 지탱하는 힘이다. 아마도 남과 북 모두에서.

게다가 이러한 전쟁공포는 너무나 광범위해서 별 생각 없이 작품을 만들어도 가끔 사실로 나타나기도 한다. 전쟁공포 연작의 하나인 동해안에 나타난 잠수함은 만들고 나서 몇 년 뒤 실제로 북쪽의 잠수함이 어부의 그물에 걸려 일종의 기분 나쁜 예언이 되어 버렸다. 〈전쟁공포〉 시리즈 가운데 육삼 빌딩이 불타고 한강에 부서진 전투기가 떨어지는 사진은 마치 미국의 9.11을 예견한 것 같기도 하다.

시참詩讖이라는 말이 있다. 시 속에 나타난 죽거나 다치는 음울한 내용이 현실화되는 것을 말하는데 사진이나 그림에도 그런 것이 있을까? 예를 들면 17세기 이탈리아 바로크 시대의 화가 카라바조가 그린 〈다비드〉의 손에 들린 목 잘린 골리앗의 얼굴이 그의 자화상이었고, 그것이 결국 젊어서 살해당한 그의 죽음을 예언했다는 식으로. 만약에 사진에도 그런 것이 있다면 예언을 하는 것은 간단하다. 무엇이든 무너지고, 부서지고, 흔들리는 것을 찍는다면 모두 다 들어맞는 예언이 될 것이다. 단 시기가 문제일 뿐.

행복한 우리 집

　팝 아트의 선구자 리처드 해밀턴이 〈오늘날 우리 가정을 이토록 행복하게 만드는 것이 무엇인가〉를 만든 때가 1950년대였다. 자그마한 사진 몽타주 작품인데 광고에 나오는 근육질의 젊은 남자와 미용기를 머리에 쓴 여자가 있었고, 배경에는 가전제품 광고들이 있다. 그 작품을 볼 때마다 가전제품 광고들을 유심히 본다. 세탁기, 냉장고, 텔레비전 등등. 리처드 해밀턴의 의도는 광고의 홍수 속에서 가정이 행복해지기 위해 갖춰야 하는 필수적인 제품들에 대한, 그 욕망을 부추기는 시스템에 대한 풍자였을 것이다. 아니 그렇지 않을 수도 있다. 풍자라고 느끼는 것은 보는 사람들의 해석이고 해밀턴은 인상적인 광고니까 집어넣었을 수도 있다. 그것이 진짜 팝 아트다운 쿨함이니까. 물론 사실은 풍자 쪽에 가까울 것이다. 그건 제목을 보면 안다.

50년대나 60년대 미국, 일본 영화를 보면서도 집안에 있는 가구와 가전제품들을 유심히 살펴보게 된다. 그리고 우리나라의 그 시대와 비교하게 된다. 이건 또 무슨 콤플렉스일까. 가난 콤플렉스인가. 어쨌든 50년대, 아니 그 이전의 영화에도 집집마다 거의 냉장고가 있는 것은 미국이다. 일본은 어떨까? 오즈 야스지로의 〈꽁치의 맛〉에 보면 젊은 부부가 남편은 중고 골프채를 사려 하고, 아내는 냉장고를 사려다 다투는 장면이 있다. 그게 60년대였다. 우리나라는 아마도 그보다 20년쯤 뒤다. 이제 모든 집마다 그런 가전제품은 넘쳐날 뿐 아니라 멀쩡한 것을 버리고 새로 산다. 이제 커다란 관 같은 헌 냉장고가 그린벨트, 야산, 바닷가, 강가 등 사람 발길이 뜸한 곳에 어디에나 있다.

집들, 그 가전제품과 그것을 사용하는 사람들이 사는 가족들은 전보다 더 행복해졌을까? 그런 것 같기도 하다. 몸무게가 늘어 비만이 되고, 선진국형 병이 일제히 찾아오고, 평균 학력은 세계 최고에 가깝다. 십년 후에 뭘 먹고 살 건지, 국민소득 이만, 삼만 달러를 어떻게 달성할지 하는 얘기들은 풍성하다. 보수적인 언론 매체일수록 그에 대한 진짜 걱정이라도 하는 것처럼 떠든다. 세계 초일류 기업을 몇 개 더 만들고, 규제를 없애고, 시장을 어쩌고저쩌고하는 소리들은 물론 공염불이다. 말짱 꽝이다. 왜냐면 그 모든 질문들을 다 뒤져도 어떻게 사는 게 사람답게 사는 건지에 대한 진짜 고민이 하나도 없기 때문이다. 도대체 뭘 꿈꾸는 것일까. 그런 기사를 기획하고 쓰는 사람들은. 분명히 일종의 바보인데 절대로 그건 인정하지 않는다. 하긴 그걸 인정하는 순간 밥줄이 끊어질 테니 그럴 수밖에.

〈행복한 우리 집 1〉, 1997, 합성사진, 컬러인화

〈행복한 우리 집 2〉, 1987, 합성사진, 컬러인화

세계 어느 가족도 다르지 않겠지만 우리나라의 집들은 가족이기주의의 성채이다. 그리고 그건 먹고 살 만할수록 더하다. 언론들이 좋아하는 말인 지도층 사람들일수록 심하다. 심한 정도가 아니라 무례하고 뻔뻔하다. 누군가는 이십 년 전에 그랬었다. 한 달 내내 미술학원에서 일해서 번 돈이 가르치던 학생네 집 한 달 전기요금도 안 되더라고. 그것이 절망이라고. 누군가는 또 그랬었다. 경제 계열 장관을 지낸 집 딸을 개인지도 했었는데 그 가족들이 결국은 국제적인 속물이더라고.

〈행복한 우리 집〉 연작은 그런 우리나라의 집과 가족에 대한 얘기였다. 가족, 피로 이루어진 강철 그물이라고 어느 시인이 말한 그 가족들은 개개인을 세상에 존재하게 만든 근거이자 존재를 갉아먹는 그 무엇이다. 누가 누구랄 것도 없이 서로 비비면서 세상을 견디고 동시에 서로를 무너뜨리기도 한다.

근래에 가족에 무관심했던 국가 권력이 새삼스럽게 가족에 관심을 갖는 척한다. 신문, 방송도 마찬가지다. 출산율이 너무 낮다는 것이다. 그래서 미래가 걱정이라고 말한다. 근데 과연 그 미래는 누구의 미래일까.

사과와 몽둥이의 법칙

아이들을 가르친 일은 내게 일종의 원죄다. 1978년, 박정희가 죽기 한 해 전 5월 1일자로 나는 초등학교 교사 발령을 받았다. 쓰기는 국민 학교라고 썼는데 워드 프로그램이 재빨리 초등학교로 바꾼다. 국민 학교라고 띄어 써야만 그대로 쓰는 것이 가능하다.

발령 받은 곳은 완도군 금일읍 충도 초등학교. 처음 들어보는 섬이다. 지도를 찾아보니 금일도, 생일도, 금당도 근처에 있다. 우여곡절을 거쳐 발령지에 도착한 때가 오월 팔일, 어버이날이라 행사가 있어 동네 사람들과 선생님들이 배구를 하고 있었다. 옷가지와 책 몇 권이 담긴 커다란 가방 하나와 뒤축이 떨어져나간 헌 구두를 신고 갔던 일이 아직도 기억난다. 출신이 섬인지라 섬은 낯설지 않았으나 가르치는 일은 낯설었다. 아니 가르치는 일은 서툰 대로 할 만했으나 학교 사무는 정말 끔찍했다. 그것은 예상 못한 짐이었다. 첫 발령을 받은 학교에서 비품, 환경 등등 8가지에 이르는 학교 사무를 분장받고 나자 한숨이 나왔다. 어쩐지 미래가 보이는 기분이었다. 물론 그 사무들은 학교의 여러 사무들 가운데서는 대단치 않은, 초임 선생들에게 배분하는 마이너 사무였지만 내용은 한심했다. 대부분 쓸데 없는 공문들이었고 무의미한 일이었다. 그리고 그런 일들이 결국 내가 초등학교를 그만두고 미술계로 도망쳐온 배경의 하나이기도 했다.

내가 맡은 사무들 중 최악은 비품관리였다. 학교의 모든 비품을 조사하고, 부서진 것 따위를 처리해서 그것을 돈으로 환산해서 장부에 기록하고 하는 일. 그리고 발령받은 두 달 만에 비품에 대한 결과를 기다란 장부로 만들어 교육청에 출장을 가야했다. 탱크와 미사일부터 종이와 이쑤시개까지 모든 물건을 비품과 소모품으로 분류하고 모조리 번호가 붙어있는 『정부물품분류표』를 뒤적이며 장부를 작성했다. 『정부물품분류표』는 놀라운 책이었다. 미국식으로 샛노란 표지를 가진 그 책에는 책상 서랍이 한쪽만 있으면 편수책상, 양쪽에 있으면 양수책상, 같은 벼루라도 돌로 만든 것은 소모품, 쇠로 되어 있으면 비품이라고 씌어 있었다는 것이 지금도 기억난다. 겨우 장부를 만들어 교육청에 갔을 때 나는 한 인간을 만났다. 널따란 교육청 회의실을 지배하고 있는 사람, 지금으로 치면 구급 공무원 주사였다.

장부 보따리를 들고온 선생님들은 그 주사 앞에 나가 차례로 시험을 보듯 장부를 내밀었다. 주사는 전년도에 제출된 장부를 펴놓고 가로 세로 숫자를 맞춰보고 거의 모조리 재작성을 명했다. 나도 마찬가지였다. 그렇게 복잡한 엉터리 장부가 맞을 리가 없었다. 순간 나는 갈등했다. 관공서의 공문이라는 것이 그렇듯이 형식이 문제지 내용은 별 문제가 안 되는 것이라는 것을 알고 있었기 때문이었다. 여기서 그냥 좀 봐달라고 할까 아니면 그만 둘까 하다가 다시 학교로 돌아와 버렸다. 일곱 개 시군을 거쳐서 학교까지 다시 돌아오자 교감은 내 무능력에 대해서 노골적으로 불쾌감을 표시했다. 하지만 나는 수치를 느끼기보다는 일종의 절망감에 빠져 있었다. 교육을 둘러싼 모든 시스템에 대한 환멸이었다.

억지로 장부를 작성해 다시 출장을 갔다가 학교 선배들을 교육청 입구에서 만났다. 선배들은 내 이야기를 듣더니 걱정하지 말고 밤에 좀 보자는 것이었다. 그날 밤 선배들이 말한 술집에 갔더니 조 주사가 있었다. 같이 밥을 먹고 술을 마시던 자리에서 주사는 나를 보더니 왜 좀 봐달라고 하지 않고 그냥 갔느냐, 세상을 그렇게 살면 피곤하다고 말하는 것이었다. 그리고 이어서 자기가 만지는 예산이 삼 억인데 어쩌구하면서 자랑을 늘어놓고 있었다. 공권력이 어떻게 사유화되고, 어떻게 왜곡 행사되는지를 절감한 순간이었다. 물론 그 주사는 그 뒤로 내가 만난 형편없는 인간들에 비하면 최악이라고 말하기는 힘든 사람일지 모른다. 하지만 일그러진 제도가 생산해낸 한 전형임에는 틀림없고 그로부터 이십사 년이 지난 지금 수많은 게이트 사건들에서 보듯이 세상은 여전히 그 무수한 주사들로 가득 차 있다.

나는 왜 교사를 직업으로 선택했던 것일까? 여러 이유가 있겠지만 내가 교사도 괜찮은 직업이라고 생각하게 된 계기는 초등학교 시절 선생님 때문이었다. 초등

〈사과와 뭉퉁이의 법칙〉, 1998, 합성사진, 컬러인화

학교 사학년 때부터 육학년 때까지 나를 가르쳤던 선생님. 성함은 김은택, 지금은
이 세상에 계시지 않는 분이다. 물론 그분은 그렇게 굉장한 교육자가 아니라 단지
선량한 한 사람의 교사였을지 모른다. 하지만 그분은 내 인생, 아니 그때 같이 학
교를 졸업했던 열일곱 명 학생들의 인생을 바꿔놓았다.

내가 다녔던 학교는 전남 신안의 작은 섬에 있는 분교였다. 학생 수는 모두 오십 명 정도, 선생님은 단 두 분. 학생도 해마다 모집하는 것이 아니고 한 해씩 걸러서 뽑았기 때문에 일, 삼, 오 아니면 이, 사, 육학년만 있었다. 사학년 때 김은택 선생님과 부인이셨던 윤혜정 선생님이 같이 오셨을 때 우리는 학교가 바뀔 수 있다는 것을 처음 알았다. 멋진 시간표와 게시판이 붙은, 이른바 환경정리가 된 교실을 처음 보았고, 책에서만 보던 운동회와 학예회를 처음 해보았다. 지금도 내가 맡았던 놀부 역할과, 탈춤 가면과 운동회와 학예회 연습 광경이 생생하게 떠오른다. 책에서만 보는 일이 실제로 일어날 수 있다는 점에서 내게는 굉장한 문화충격이었던 것이다.

그리고 보다 결정적인 것은 우리를 중학교에 진학시킨 것이었다. 중학교도 입학 시험을 쳐서 들어가던 때였지만 우리들에게는 반드시 중학교를 가야된다든지 하는 생각 따위는 거의 없었다. 대부분의 아이들은 초등학교를 졸업하면 집에서 농사일, 바다일이나 돕다가 좀 더 자라면 도시로 나가 과자공장이나 유리공장에 취직하는 것이 고작이었다. 그러니 공부 같은 것을 했을 리가 없다. 그런 우리를 반강제로 공부를 시켜 모두 다 목포에 있는 중학교엘 붙였다.

당시에는 아무것도 몰랐지만 지금 와서 생각해보면 교육을 받는 것의 중요성, 세계를 좀 더 알게 된 계기가 모조리 그 선생님에게서 왔다. 나는 그렇게 쓸 만한 인간이 못 되기 때문에 살아서 한 번도 선생님을 찾아 뵌 적이 없다. 아니 선생님이 한 번 날 찾으신 적이 있다. 내가 교육대학을 졸업하고 발령이 나지 않아 목포의 어느 화실에서 학생들 그림을 가르치고 있을 때 들르셨다. 어떻게 알고 찾아오

섰는지 교감승진 시험을 위한 교육대학 교재를 나한테 빌리러 오셨던 것이다. 그리고 가난한 제자에게 설렁탕 한 그릇을 사주셨다. 그 뒤로 다시 뵌 적이 없는데 돌아가셨다는 소식을 전해들은 지 오래다. 내 무심함을 생각하면 이럴 때 나는 최악의 인간, 최악의 제자이다.

아무리 생각해도 초등학교 초임 교사, 스물 셋인 나는 열성은 있었지만 좋은 선생은 아니었다. 아이들과 잘 놀고 친했지만 가르치는 기술은 부족했고 맘은 콩밭에 있었다. 그 콩밭이 어디였는지는 잘 몰랐지만.

그리고 나중에 교육이라는 것, 학교의 역할이 교육학 교재에 나오는 대로, 교육 이념에 나오는 대로 민주시민, 홍익인간을 만드는 것이 아니라는 것을 알았다. 학교란 푸코 말대로 국가 권력이 그 중요한 자산인 국민을 일정 수준으로 교육시켜 이용하기 위한 장치였던 것이다. 학교는 아이들을 줄 세우기 위한 장치이고, 교육이란 노동을 시키기 위해 필요한 최소한의 필수 과정을 이수시키려는 것이다. 문교부가 교육인적자원부로 바뀐 것이 단적인 예다. 인간, 국민이란 개별적으로 존중받아야 할 인격적 존재가 아니라 인간 자원인 것이다. 자원으로서의 인간은 소모품에 불과하다.

예술가나 백수는 대체로 그 소모품 역할에 관한 사보타쥬, 혹은 소극적으로 벗어나려는 도망자들이다. 나도 마찬가지다. 물론 백수나 예술가들은 뭔가 안정적인 수입과 소득을 위해 기를 쓴다. 태생적 비정규직인 예술가들은 제도적 기관에 취업하지 않는 한 말이 좋아 프리랜서, 예술가지 사실상 백수로서 사회에 대한 구

〈학교〉, 2000, 디지털 사진, 디지털 인화

경꾼 노릇을 한다. 어쩌면 그것이 임무인지도 모른다. 임무라는 말은 싫지만 아도르노 식으로 말해 쓸모없음으로써, 원형적 인간 노릇을 함으로써 유토피아를 보존하는 것이 아닐까. 그리고 사실 그 정도 뻥은 들어줘야 예술가도 살맛이 난다. 무의미한 것, 교환 가치가 없는 것을 끝없이 폐기처분하는 이 신자유주의적 자본주의 사회에서 실용성이 없이 존재한다는 것 자체가 고귀한 일이니까—음 이 뻥은 아무래도 너무 그럴듯해 좀 쪽팔리기는 하다.

　세상에 가장 재미없는 강의들은 교육학과 그 관련 강의였다. 물론 개중 들을 만한 것도 있었지만 대체로 그랬다. 그리고 나중에 시간강사 노릇을 하면서 미술

교육에 관련된 강의를 하면서 다시 깨닫게 된 것은 교육학 자체는 흥미 있는 내용이라는 것이었다. 교육학에 관해 별로 기억나지 않지만 강화에 대한 것은 기억에 남아있다. 교육을 하기 위해서는 일종의 자극이 필요하다. 그 자극을 전문용어로 강화라고 부른다. 정적 강화와 부적 강화, 간단히 말해 당근과 채찍이다. 교육 성취도에 따라 칭찬하고 상을 주는 것이 정적 강화, 벌을 주거나 때리는 것이 부적 강화이다. 이 얼마나 놀라운 말의 유희인가. 그야말로 이데올로기적인 용어이다. 허위의식으로서의 이데올로기에 얼마나 정확히 들어맞는지 놀라울 지경이다.

그 내용이 늘 마음에 남아 있었다. 그리고 그 두 가지 강화는 사회에서도 마찬가지이다. 인간이란 이 두 가지, 당근과 채찍, 사과와 몽둥이의 법칙 속에 있는 것이다.

이상한 일이지만 99년 개인전을 열었을 때 가장 많이 팔린 작품이 이것이었다. 물론 아는 사람들이 저렴한 가격에 사갔지만 왜 그랬을까가 아직도 의문이다. 개인적 경험 때문이었을까 아니면 부풀려진 사과의 몸통과 색깔 때문이었을까. 아니면 상대적으로 부드러워 보이는 내용과 그 안에 담겨진 내용 사이의 충돌 때문이었을까. 알 수가 없다.

나는 누구인가 혹은 영화배우

쿠엔틴 타란티노의 〈저수지의 개들〉은 흥미 있는 영화다. 영화의 문법을 잘 알고 그것을 뒤섞어 이른바 장르 내에서 다양한 해석이 가능한 얘기를 하고 있다. 먼저 본 것은 〈펄프 픽션〉이었지만 작업에 이용하기는 〈저수지의 개들〉이 좋았다.

타란티노가 만든 그 이후의 영화는 확실히 처진다. 〈킬빌〉이 그중 낫지만 초기작에 현저히 못 미친다. 아마도 비디오 가게 점원을 하면서 쌓은 내공이 다 됐기 때문일 것이다. 인간이란 그렇다. 아무래도 한계가 있다. 예술가도 마찬가지여서 아무리 뛰어난 사람이라도 작품이 한창 좋을 때가 있고 그저 그럴 때가 있다. 예를 들면 피카소는 역시 입체파 시절과 게르니카를 그릴 때까지, 달리 역시 젊었을때, 기리코도 20대 때 작품이 낫다. 예외는 물론 있다. 겸재 정선은 〈인왕제색도〉를 여든이 넘어서 그렸다! 미켈란젤로도 나이 들어서도 여전하고, 렘브란트도 깊어졌다. 이런 예외적인 사람들은 내부에 일생 동안 계속되는 뭔가 집요하고도 지속적인 치열함이 있어야 가능한 일이다.

글쓰기도 다르지 않아 보인다. 시인들은 시적 수명이 아주 짧고, 소설가들은 그보다 길지만 좋은 작품은 역시 철이 좀 든 중년 시대의 것들이다. 그 시기가 지나면 시인이나 소설가가 아니라 문학가가 된다. 뭐 나쁜 일은 아니다. 인간이 일생의 모든 시기에 걸쳐 발화하고 타오른다는 것은 이상한 일이니까. 심지어 마르께스 같은 탁월한 작가도 그러니까.

어쨌든 타란티노의 영화를 보고 일종의 촉발을 받았다. 영화 장면들을 작품화해볼까 하는 생각이 들었다. 그리고 방법은 도망자를 만들었던 그 방법을 쓰기로 했다. 영화잡지에 나온 스틸 사진들을 모으고 거기에 등장하는 주인공의 얼굴을 모조리 내 얼굴로 대체하기로 한다. 뭐 우선 내 얼굴이 가장 구하기 쉬운 사진이었기 때문이고, 동시에 스스로에 대한 일종의 조소이기도 했다. 예술 비슷한 것 하고 있는 척하지만 프로이트가 말했듯이 예술가가 바라는 것은 돈과 명예, 나라고 별다를 리 없다. 대중의 주목을 받고 싶은 일종의 속물인 것이다. 그 속물성을 한 발 비켜서 객관적으로 바라보는 것이 가능할지 아닐지 모르지만 그렇게 하기로 했다.

앨범과 사진첩을 뒤져 이삼십 대의 내 사진들을 찾아낸다. 역시 그때 사진이 제일 많다. 그 사진들 중 적당한 사진을 스캔한다. 그리고 영화 스틸 장면을 배경 삼아 배우들의 얼굴 대신 내 얼굴을 붙인다. 영화 속 배우와 내 얼굴이 잘 맞지 않는 몇몇은 적당히 포즈를 취한 다음에 후배에게 찍게 했다.

작품의 배경은 〈저수지의 개들〉, 〈트레인 스포팅〉, 〈쉘로우 그레이브〉, 〈와일드 번치〉 등이다. 모조리 폭력적인 장면이 많고 냉소적인 영화들이다. 영화라는 매체와 사회, 인간이라는 존재에 대해 시니컬하다. 그게 맘에 든다. 샘 페킨파의 〈와일드 번치〉는 내 젊은 날의 영화이기도 했다. 〈철십자 훈장〉, 〈스트로우 독〉 등 그가 만든 영화들을 보았던 스물한두 살 시절, 나는 교사 발령을 기다리며 목포에서 화실 선생으로 데생이나 수채화를 가르치고 있었다. 학생들이 오기 전인 오전에는 별로 할 일이 없어 주로 유달산 근처를 어슬렁거리거나 개봉하는 영화 첫날 첫 프로를 보러 다녔다.

　　밀로스 포먼의 〈뻐꾸기 둥지 위로 날아간 새〉, 한창 잘나가던 찰스 브론슨이 나오던 〈데드 위시〉, 〈머제스틱〉, 흑인 영화 〈샤프트〉, 셀지오 레오네의 〈황야의 무법자〉, 더스틴 호프만과 스티브 맥퀸이 열연한 〈빠삐용〉 등이 그때 본 영화들이다. 〈뻐꾸기 둥지 위로 날아간 새〉는 너무 좋아서 극장 밖으로 나가지 않고 앉은 채로 두 번 연속 보았고 그 이후 잭 니콜슨의 팬이 되었다.

　　영화 스틸 사진과 내 얼굴을 몇 개 합성하고 나자 조금 욕심이 생겼다. 이곳저곳 돌아다니며 혹시 작업에 쓸지 몰라 찍어 놓은 사진들을 골라 배경으로 써본다. 인천 어느 곳의 주차장, '조국의 미래, 청년의 책임'이라는 어처구니없는 글귀가 쓰인 조각상이 새 배경이 된다. 영화를 배경으로 한 것보다 좀 더 현실감이 나는 것 같기도 하다. 이 작업들을 전시한 99년 개인전 때의 메모를 보니 다음과 같이 쓰여 있다.

<나는 누구인가 1>, 1997, 합성사진, 컬러인화

영화 스틸 사진을 이용한 <나는 누구인가> 연작은 실재하는 현실 속의 인물인 작가의 얼굴
과 완전히 허구인 영화 속의 인물의 결합을 통해 작가가 가진 스타, 유명인이 되고 싶다는
욕망을 천박하고 적나라하게 드러낸다. 이 드러냄은 작가 자신에 대한 자조적인 냉소이며
동시에 관객에 대한 질문이기도 하다. 즉 관객 역시 위장되고 은폐되어 있기는 하지만 어
떤 식으로든지 그러한 갈망을 내부에 품고 있지 않느냐는 물음인 것이다.

이 연작들은 그 밖에도 다양한 해석의 층위를 담고 있다. 예를 들어 타란티노의 <저수지의
개들>의 한 장면을 이용한 작품의 경우에는 허구가 현실보다 더 강력한 힘을 발휘하는 시

〈나는 누구인가 3〉, 1997, 합성사진, 컬러인화

조국의 미래
청년의 책임

《나는 누구인가 10》, 1997, 합성사진, 컬러인화

도망자를 위하여

대의 개인의 허약한 정체성, 영화 속의 인물들의 캐릭터로 유추되는 인간의 본성에 관한
비관주의, 언젠가 본 듯한 이미지들을 어떻게 읽느냐 하는 우리의 도상 icon 읽기의 관습
에 대한 의문을 복합적으로 내포한다.

그럴 듯하다. 그러니까 일종의 지식인이자 예술가로서의 자의식이 얄팍하게 들
여다보인다. 더구나 관객을 슬쩍 끌어넣어 교활한 변명을 하기도 한다. 하하하.
이상하다. 예전에는 이런 것들이 드러나는 것이 너무 창피했는데 이제 심드렁하
다. 확실히 마음이 무뎌진 것이다. 나이가 들었나? 젠장!

그린빌트에서

최초의 디카 그리고 세한도

드디어, 거금 일백오십만 원가량을 들여 드디어, 디지털 카메라를 산다. 용산 전자상가를 뒤지고 뒤져 몇 만원 싸게, 아마도 밀수품일 일본 내수용 니콘 쿨픽스 990을 구한 것이다. 동네 피시방에서 인터넷을 뒤져 모든 디카들의 사양을 살펴 보고, 좋은 카메라는 워낙 비싸서 손은커녕 마음도 내밀어 보지 못한 채 구한 330만 화소에 수동 조작이 가능한 물건이다. 카메라와, 충전기, AA충전 배터리 네 개, 256메가 CF카드까지 합해서이다. 당연히 디카족들이 말하는 삼종신기— 뽁뽁이, 융, 돼지코를 포함해서이다. 너무 비싸서 부담스럽기도 하지만 뭔가 될 것 같기도 한 뿌듯함, 잘 벼린 새 칼을 어렵게 구한 무사 같은 생각이 든다. 당장 동네 로 사진을 찍으러 나간다.

1999년 여름의 일이다. 아니 2000년인가? 어쨌든 지금이라면 600만 화소 렌즈

교환 가능한 일안 반사 카메라와 렌즈를 사고도 남는 금액이다. 그동안 디카 값은 곤두박질쳤고 필름 카메라를 완전히 밀어내버렸다. 아그파는 파산하고, 코니카 미놀타는 소니에 카메라 부분을 팔아넘기고, 니콘은 F6를 제외한 필름 카메라를 단종한다고 발표했다. 그리고 이제 어디서나 디카다. 필름과 수작업만이 사진이라고 주장하던 사진가들도 디지털 인화물을 거리낌 없이 이용한다. 세상이 바뀐 것이다. 겨우 몇 년 사이에. 물론 그 반대 흐름도 있다. 이제 진정한 필름의 시대가 되었다고 떨어지던 중고 필름 카메라의 가격이 슬쩍 오르기도 한다.

처음 내가 디카를 쓰던 시절만 해도 디카는 드물었고, 지하철에서 카메라를 꺼내 사진을 찍으면 사람들은 무슨 게임기인 줄 알았다. 아니면 LCD 창에 움직이는 피사체를 보고 비디오 카메라인 줄 아는 이들도 있었다. 물론 사진가들은 디카를 무시했다. 그러거나 말거나 쿨픽스 990은 지금 쓰고 있는 코닥 SRL/n과 함께 가장 애착이 가는 카메라다.

그동안 몇 개의 디카가 내 손을 거쳤다. 990 다음엔 올림푸스 20N, 니콘 D70, 그리고 코닥. 올림푸스는 내 손을 떠났고, D70과 990과 코닥은 아직 내 손에 있다. 아마 팔 것 같지는 않다. 내가 처음 산 니콘 FM2와 더불어 오래 둘 것 같다.

990으로 많은 사진들을 찍었다. 〈세한도〉, 〈고사관수도〉라고 이름 붙인 작품들도 990으로 찍었다. 디지털 카메라를 사기 전부터 나는 그 카메라로 대형 사진을 만들 생각이었다. 그림으로 치면 100호 내지는 150호 캔버스에 그린 것 같은 정도의 크기로. 물론 삼백만 화소짜리 카메라로 한 장을 찍어 그 크기로 만드는 것은 불가능하다. 때문에 사진을 여러 장 찍어 파노라마 형식 아니면 위 아래, 옆으로 연결할 생각이었다.

처음부터 깔끔하게 이어붙일 생각 따위는 없었다. 어차피 사진이란 아무리 그럴듯해도 사진일 뿐이다. 즉 인공적 이미지 외에는 다른 것이 아니며, 인공적인 이미지가 인공적으로 보이는 것은 너무 당연한 일이다. 하지만 문제는 그런 이미지를 만드는 것이 아니라 어떻게 출력하느냐였다. 지금은 충무로, 신사동에 널린 것이 디지털 프린트 업소고, 프린터도 고품질 대형 잉크젯부터 레이저 인화까지 널렸지만 그 당시에는 드물었다. 있어도 너무 고가여서 도저히 출력할 수도 없었고 내가 원하는 대형 프린트가 가능하지도 않았다. 더구나 흑백 사진은 진짜 검정색을 출력하지 못했다. 그래서 편법을 찾아냈다. 편집된 출력물을 시험 프린트해보는 레이저 흑백 프린트를 이용한 것이다. 하지만 난점이 있었다. 최대 출력물의 크기는 높이 60센티미터, 길이 150정도를 넘지 못하는 것이었다.

대형 사진을 만들기 위해서는 그 출력물들을 붙이는 수밖에 없었다. 해서 대형 사진을 컴퓨터에서 만들고, 그 사진을 다시 잘라 출판 편집용 EPS 파일로 변환해서 출력을 받았다. 그리고 그 출력물들을 서로 이어 붙였다. 출력물 자체는 약했다. 인화지가 너무 얇았고, 빛에 너무 약해 시간이 지나면 쉽게 변색이 되었다. 그걸 막기 위해 선택한 재료가 아크릴 물감용 수성 바니시였다. 출력된 사진들을 서로 붙이기 위해 접착제 겸 표면 보호 코팅용으로 사용했다. 결과는? 그럭저럭 대형 사진이 만들어졌지만 허약했다. 바니시도 제조회사에 따라 색상의 변색 정도가 달랐다. 질 낮은 제품은 금방 노랗게 변해버렸다. 몇 종류의 바니시를 써본 뒤에야 변색이 적은 것을 찾을 수 있었다.

　그러나 한 가지 위안은 흑백 레이저 프린터로 진짜 검정색 사진을 만들 수 있었다는 것이었다. 흑백사진을 택한 이유는 물론 컬러 출력이 더 형편없었기 때문이었다. 당시의 프린터로 출력한 컬러사진들은 색깔이 너무 부자연스러웠다. 지금은 물론 다르다. 하지만 질 높은 디지털 프린트가 일반화된 지금도 흑백사진 프린트는 문제다. 두 종류 이상의 흑백 잉크를 쓰는 비싼 잉크젯 프린터로 전문용지에 프린트하는 게 가장 리얼 블랙에 가깝고 내구성도 좋지만 문제는 분위기다. 판화지는 잉크를 모조리 먹어버려 유광 인화지가 가지는 표면 이미지가 조금 떠있는 듯한 분위기가 나지 않고 가라앉아 버린다. 지나치게 고상해 보여 회화스럽기만 하다. 유광 인화지도 질은 좋은데 출력비가 너무 비싸다.

〈그린벨트 세현도〉, 2001, 디지털 사진, 인화

그린벨트에서

할 수 없이 레이저 은염 인화 방식으로 해본다. 그러나 이 방식으로는 리얼 블랙을 만들 수는 없다. 4억 원에 가깝다는 이 프린터들은 원래 RGB 방식이라 흑백 색상을 표현하기가 너무 힘들다. 조금만 잘못하면 붉거나, 노란 기가 돈다. 게다가 인화지 제조회사에 따라 같은 프린터라도 다르다. 예를 들면 후지 인화지에서는 붉은 기가, 코닥 인화지에서는 노란 기가 살짝 돈다. 그것도 형광등, 자연광, 할로겐, 텅스텐 등등 조명에 따라 다르다. 이제 조명을 뭘 쓰느냐에 따라 인화지와 프린터를 선택하고 살펴봐야 할 판이다.

어쨌든 〈세한도〉를 비롯한 〈그린벨트〉 시리즈, 〈드라마 세트〉, 〈생선이 있는 풍경〉 등의 작품들이 990으로 찍은 것들이다. 〈세한도〉는 디카를 샀던 그해 겨울 만든 사진이다. 나중에 자세히 쓰겠지만 〈세한도〉는 오쇠리를 찍기 전 그 시작이 된 작품이었다. 오쇠리에 대해서는 아무것도 몰랐지만 그 기묘한 풍경 때문에 손이 갔던 것이다. 찍어서 사진을 만들어 놓고 보니 폐가가 된 집, 쓰러져가는 나무와 전체적인 구도가 추사의 〈세한도〉를 연상시켰다. 그래서 제목을 '세한도'라고 붙였지만 그거 말고 닮은 점은 없다. 아마도 마침 전통 회화에 대해 새롭게 접근하는 작업들을 모아 전시하는 기획전에 출품하게 된 것도 그렇게 이름을 붙인 한 이유가 될 것이다.

그 사진을 찍은 날은 진짜 추웠다. 그 추위는 『논어』에 나오는 "날이 추운 연후에야 소나무와 잣나무의 푸르름을 안다" 따위의 추상적이고 비유적인 추위가 아니었다. 날도 추웠지만 더 추운 것은 무너진 폐가와 그 동네의 풍경이었다. 아무래도 추상적인 추위보다는 현실적인 추위가 더 뼈저리고 무서운 법이니까.

고사관수도 썩은 물을 보다

　부천 고강동 근처 그린벨트 지역에서는 늘 고약한 냄새가 났다. 부천시에서 흘러나온 하수가 그대로 흘러들어가는 조그만 내 때문이었다. 썩어서 더러운 물은 기름기가 떠 번쩍거렸고 물가에는 잡풀들과 수영 같은 물 좋아하는 식물들이 무성하게 자라고 있었다. 그곳 말고도 그린벨트 지역의 농수로나 내의 물이 제 모습인 곳은 한 군데도 없었다.

　고사관수도 역시 그런 농수로를 흐르는 더러운 물과 무성한 잡초, 나무판자 하나 달랑 던져놓은 다리를 찍은 다음에 만든 것이다. 다리에 앉아 있는 남자는 동네 버스 정류장에 거의 매일 나와 있던 특이한 분이었다. 날이 좋으나 흐리나 한쪽 옆구리에 낡은 우산을 끼고, 잠바 차림에 담배를 피우며 쭈그리고 앉아 있거나 망연

〈그린벨트 고사관수도〉, 2001, 디지털 사진, 인화

히 서 있었다. 어느 누구에게도 말을 붙이거나 뭔가 특별한 행동을 한 적이 한번
도 없었다. 단지 서 있다, 앉아있다를 반복하며 버스 정류장 주변을 왔다 갔다 했
다. 거의 존재감이 없어서 의식도 안 되는 경우도 많았다. 그 존재감 없음이 바로
내 카메라를 끌어 당겼다. 어디에 쓰겠다는 생각도 없이 사진을 찍었고 그린벨트
의 농수로를 찍은 사진에 자연스럽게 맞아 들어갔다. 쭈그리고 앉아서 그 더러운
물을 보며 생각에 잠긴 자세가 그럴듯했던 것이다.

　〈고사관수도〉의 원래 의도는 짐작하다시피 풍자였다. 고사나 관수라는 말과 그
것들이 모여 이루는 분위기에 대한 일종의 냉소라고나 할까. 지금 우리 시대에 도
대체 어떤 사람을 고사라고 부를지 모르지만 진짜 고사가 있다면 혹시 날마다 버
스 정류장에 나와 있던 그분 같은 사람이 고사라고 불려야 되는 것이 아닐까 싶었

던 것이다. 물론 들여다 볼 물도 맑은 물이 아니고 더러운 물일 것이다.

현실 속의 물은 더러웠지만 사진 속의 물은 그렇지 않았다. 단지 보통 물로 보였다. 그 차이가 사진과 현실을 갈라놓는 곳일 것이다. 얼른 보기에는 원래 다리에 앉아 있지 않은 남자를 가져다 놓은 것이 가짜와 진짜, 이른바 가상과 현실 사이의 경계를 흐리기 위한 의도라고 읽힐지 모르지만 그건 아니었다. 그런 단순하고 빤한 트릭은 사진 자체가 가지는 트릭에 비하면 장난에 지나지 않기 때문이다. 사진, 모든 사진은 현실이 아닌 가상적인 이미지라도 현실처럼 보이게 하는 힘이 있다. 사진은 현실이 아닌 것을 현실화시킨다. 일단 프레임 속에 담기기만 하면 사진 속의 모든 것은 현실이 되거나 심미적인 그 어떤 것으로 취급되어 버린다. 그것은 디카건 필카건 마찬가지이다.

〈고사관수도〉도 그렇다. 이 사진의 제목 '고사관수도'는 조선초 강희안의 절파풍 그림에서 따왔고, 강희안의 그림 역시 중국의 회화에서 빌려온 것이다. 그러므로 원작 따위는 없다. 단지 변주가 있을 뿐이다. 사진 속에 담긴 농수로, 물, 무성한 풀과 다리, 휘어진 갈대, 다리 위에 앉은 남자라는 이미지들은 현장에서 본 것과는 전혀 다른 분위기를 만든다.

현실 속의 썩어 냄새나는 더러운 물은 그냥 보통 물로 보이고, 썰렁한 분위기는 흑백 색깔 속에서 사라져 버린다. 이것이 바로 사진의 아이러니다. 분명히 거짓인데 사실 내지는 진실처럼 보이는 것. 그리고 그것들을 개인적 취향과 문화, 사회적 배경에 따라 느끼고 해석하는 것. 물론 거짓말을 하는 것은 모든 예술이 마찬가지다. 그러나 다른 예술들은 지금 거짓말을 하고 있다는 허구성을 감추려 들지 않는다. 하지만 사진은 다르다. 거짓인데도 대단한 진실 혹은 사실을 기록하고 담는 것처럼 보인다. 물론 그럴 수도 있을 것이다. 그러나 그때의 진실, 사실은 잴 수도 없을 만큼 적은 양일 뿐이다. 내가 정류장에 나와 있는 아저씨의 진실이 무엇인지, 무엇을 생각하는지를 도저히 알 수 없고 단지 카메라로 겉모습만 기록하고 말았듯이 모든 사진들은 그런 운명 속에 있는 것이다.

고사관수도의 비밀

여기서는 〈고사관수도〉의 제작 과정을

간단하게 보여주겠다.

비밀이라고 쓴 것은 물론 말도 안 되는 과장이다.

왜냐면 사실 기술적으로는 비밀이 전혀 없고,

기술적이 아닌 것은 보여줄 도리가 없기 때문이다.

그러므로 이건 일종의 농담이다.

찍어온 여섯 장의 사진을 대강 늘어놓는다. 어떻게 붙여야 될지 잠시 생각해본다. 대개 담배를 피운다.

사진들을 붙인다. 자국이 남는 것은 당연하다. 레이어에서 어떤 사진을 위로 올리는 게 나을지 이리저리 바꿔본다. 사진의 노출이 약간씩 다를 경우 그것들을 맞춘다. 이때 물론 레벨 기능을 이용하는 게 좋다. 생각보다 시간이 오래 걸린다. 물론 기술적으로 어려운 것은 아무것도 없다. 그리고 요즘은 디카에 들어있는 파노라마 기능이나 전문 소프트웨어를 사용하면 쉽게 할 수 있다.

붙인 사진을 잘라낸다. 전문 용어로 트리밍이다. 일단 붙인 자국이 있는 풍경이 되었다.

트리밍한 사진 전체의 톤을 조절한다. 컬러사진이면 좀 더 복잡해진다. 대개 이 과정에서 사진을 저장하고 내버려 둔다. 여기에 뭘 더해야 작품이 될지 모르므로 뭔가 떠오를 때까지 기다린다.

뭔가 떠올랐다. 그래, 인물을 배치하고 이름을 '고사관수도'라 붙이자. 그럼 굉장히 아이러니하지 않을까 하면서 혼자 좋아한다. 이런 일종의 자기 도취가 필요하다. 물론 다 끝나고 나면 대개 쪽팔리긴 하다. 하지 만 이 과정에서 저 다리 위에 셀 수 없이 많은 물건들과 사람들이 올라갔다 내려왔다. 상상하는 것과 사진으로 만들어지는 것 사이에는 정말 많은 차이가 있다.

인물을 배치해본 다음 크기를 적당히 줄이고 그림자도 그려넣고 한다. 물론 완벽한 눈속임을 시도하지는

않는다. 이 사진 속에서 인물은 그림자도 있고 톤도 비슷하고 한데 그 이유는 이미 만들어진 작품 속에서 따

왔기 때문이다. 그렇지 않으면 많은 손질이 필요하다.

마지막으로 레벨로 다시 전체 톤을 조정한다. 끝이다. 제법 그럴듯해 보인다. 저장한다. 그러나 이 버전이 완성되기까지 적어도 다섯 가지 정도의 버전을 만들었다 폐기 처분했다. 완성되지 못했거나, 완성되었으나 발표할 기회가 사라진 것들 역시 수없이 많다. 아마도 이것이 고사관수도의 진짜 비밀일 것이다. 어디서, 어떻게 뭘 건질지 전혀 알 수 없다는 것이.

마지막으로 담배를 한 대 피운다. 그 사이에 얼마나 많은 담배를 피웠는지는 물론 알 수가 없다.

굴이 있는 풍경

개들은 어슬렁거리며 냄새를 맡는 것이 본성일까. 어느 곳이든 코를 땅에 대고 세계를 냄새 맡는다. 그러니까 개들은 세계를 냄새로 파악한다. 그렇게 냄새로 파악된 세계가 어떤 상태인지 나는 도저히 짐작하지 못한다. 개들은 그러니까 사람들과 같으면서도 다른 세계 속에 있다. 사실은 사람들도 마찬가지다. 우리는 모두 각자의 세계를 가지고 있다. 일종의 교집합처럼 서로 겹치는 부분이 있을 뿐. 혹은 있다고 믿을 뿐.

고강동 근처 그린벨트에는 야산이 많다. 그 야산들 중 수주 변영로가 난 변씨 가문의 선산이 있는 곳으로 오르는 길은 붉은 황토길이다. 황토길 한쪽은 밭이 있고 밭가에는 커다란 미루나무가 두 그루 서 있다. 거길 지나면 서울 양천구로 넘어가는 오솔길이 나온다. 나무와 숲, 흙길, 집에서 오 분도 안 되는 그곳은 산책길로 그만이었다. 봄, 여름, 가을, 겨울 어느 때든 어슬렁어슬렁 걸어 야산엘 올랐다가 내려오는 것이 즐거웠다.

특히 좋았던 때는 오월 중순에서 유월 초였다. 길가에는 찔레나무와 아카시아 나무가 무성했고, 그 초록색들, 밝은 연두에서 거무스름한 녹색으로 이어지는 스펙트럼과 냄새, 해마다 보는 초록이지만 너무 새로워서 그 초록에 도무지 익숙해질 수가 없을 지경이었다.

〈귤이 있는 풍경〉도 거기서 찍은 사진이다. 유월 어느 날 사진을 찍고 나중에 귤을 사진 속에 갖다 놓은 것이다. 물론 아무 뜻도 없었다. 아니 말 그대로 무의미한 사진을 만들고 싶었다. 그 무렵에는 미술, 그림, 사진들이 가지는 의미 과잉에 질려 있었다. 보다 정확히 말하면 과잉 정보 상태의 모든 것에 질려 있었다고 해야 옳을 것도 같다. 커뮤니케이션학 용어인 과잉 정보의 반대쪽에 있는 말이 의미 중복이다. 의미 중복은 관습적이고 일반적인 이미지들, 예를 들면 광고 이미지처럼 읽기 쉽고 누구나 그 의미를 금방 알 수 있는 기호들을 말한다. 그 기호들은 정확한 의사 전달이 목적이기 때문에 그럴 수밖에 없다. 이에 반해 과잉 정보, 이른바 엔트로피가 높은 정보들은 읽기가 쉽지 않다. 예술이 사용하는 모든 기호들이 그렇다. 의미 과잉인 그 정보들을 거의 매일 보고, 그보다 더 난해하고 의미 과잉적인 평문들을 읽고 있으면 질린다. 질려서 도망가고 싶어진다. 그럴 때는 무의미한, 아무런 함의를 품지 않은 그냥 이미지를 보고 싶어진다. 〈귤이 있는 풍경〉은 그 결과물이었다.

<그린벨트 굴이 있는 풍경〉, 2000, 디지털 사진 인화

　　이제 굴이 있는 풍경을 찍었던 그 산책길은 사라졌다. 이태 전에 그곳에 공원과
초등학교가 들어서버렸다. 새로 지어진 초등학교는 운동장이 거의 없고, 공원은
흔해 빠진 아파트 단지 안에 있는 공원들과 닮았다. 아직 그곳을 벗어나기만 하면
야산들이 있기는 하지만 길가의 커다란 미루나무 두 그루는 영영 사라졌다. 왜 공
원을 만들면서 그 나무들을 살려두지 않았을까. 이해할 수가 없다. 지금 공원 근
처에 심어진 소나무들에 비하면 말 그대로 나무 같은 나무였는데. 이제 화도 나지

그린벨트에서

않는다. 이런 일에 너무 익숙해진 것일까.

　공원에도 아이들이 데려온 개들이 어슬렁거린다. 코를 땅에 박고 끊임없이 냄새를 맡는다. 저 개들은 이 인공적으로 만들어진 공원에서 무슨 냄새를 맡을까. 혹시 미루나무를 베어내고 소나무를 심은 인간들의 어리석음을 비웃고 있지나 않을까.

하동 사진의 기억

하동은 세 번째인가. 기차로 남원까지 와 다시 버스를 갈아타고 내리자 날이 덥다. 이상한 딴 나라로 와버린 기분이다. 터미널 앞의 가게들만 사람들이 좀 있고, 거기를 벗어나자 사람이 없다. 마치 앗제가 찍은 사진 속으로 들어와 버린 기분이 된다. 사람들을 만나기로 한 섬진강 하구 송림을 찾아가는 길이다. 가는 길에 학교가 있다. 간간이 차가 다니는 큰 아스팔트 길은 괜히 할 일도 없는데 더워 죽겠다는 듯이 쭉 뻗고 누운 살찐 중년 여자처럼 늑진거렸다. 사실은 늑진거리지 않았지만 그렇게 보였다. 학교 앞에 멈춰 서서 카메라를 꺼내든다. 김승옥의 소설이 떠오른다. 나쁜 버릇이다. 현실을 보고도 허구인 이미지나 소설을 떠올리는 버릇. 어쨌든 육, 칠십 년대의 분위기다.

오래전 하동을 지나다 장터에서 티셔츠를 하나 산 일이 갑자기 생각난다. 모든 기억은 장소를 따라다니기 마련이다. 기억도 모여 있는 곳, 일종의 정류소가 있는 것이다. 그 정류소로서의 하동은 한 장의 사진이 된다. 줄지어 선 가게 뒤편으로는 여름 뭉게구름이 피어오르고 풍경 전체는 전형적인 데자뷰, 기시감을 준다. 이 기시감은 어디서 오는지 분명치 않다. 하기야 출처가 확실하면 기시감이라고 부를 리가 없다.

우리가 이미지를 보는 관습은 기시감의 연속인지도 모른다. 이 사진을 전시회에 내걸었을 때 한 친구는 자기의 젊은 시절 연애담을 얘기했다. 오래 사귀던 여자와 목포에서 하동까지 자전거를 타고 오며 일종의 이별 의식을 치렀다는 얘기. 그

뒤 각자 서로 다른 길을 걸으면서도 가끔 보았다는 얘기. 시간은 기억을 만들고 기억은 이미지에서 촉발받는다. 즉 기억은 시간에 관한 것이지만 공간을 더 좋아한다. 혹시 우리의 기억은 시간 단위가 아니라 공간과 이미지로 저장되는 것은 아닐까. 다시 아스팔트 길을 따라 걷는다. 소나무가 늘어선 송림이 보인다. 섬진강가에 온 것이다. 강은 너른 모래벌을 드러내고 희미하게 흐르고 있었다. 모래밭에는 빨강, 파랑, 초록, 화려한 색으로 반짝이는 과자봉지 같은 천막들이 군데군데 늘어서 있다. 단체로 놀러온 여자 중학교 학생들이 김밥과 음료수를 허겁지겁 먹고 있었다. 소나무 그늘 아래엔 돗자리를 펴고 먹을 것을 늘어놓는 사람들의 붉은 얼

〈하동풍경〉, 2001, 디지털 사진 인화

굴이 이리저리 움직였다.

　이렇게 글로 쓴 기억들은 얼마나 정확한 것일까. 다시 찬찬히 사진을 보면 내가 맨눈으로 본 것, 그에 관한 기억은 지극히 일부에 지나지 않는다는 사실을 다시 깨닫게 된다. 기억이란 사진보다 더 파편적이다. 그것이 바로 사진을 살아남게 한 힘이겠지만 사람이란 눈만 뜨고 있지 어느 면에서는 장님이나 마찬가지인 것이다. 아마도 그래서 이미지를 만들었을 것이다. 사진 또한 물론 그럴 것이다.

　때문에 사진을 찍는다는 것은 사진 찍히는 모든 장면을 잘 알고 있기 때문에, 파악하고 있기 때문에 찍은 것이 아니다. 카메라를 들고 셔터를 누르기 전까지 작가는 무엇을 보고 있는지 아는 것이 아니라 어쩐지 찍어야 될 것 같다는 분위기를 먼저 느낀다. 음 이건 찍어둬야겠군 하는 그 어떤 것. 그것을 느낌이라고 부르건 영감이라고 부르건 상관없다.

　셔터를 누르고 난 다음 사진은 진짜 시작된다. 왜냐면 사진 찍히기 전까지 대상은 사진이 아니라 현실이자 어떤 분위기였을 뿐이다. 그 사진들을 보고 또 보고 무엇을 보았고 놓쳤는가를, 그때 느꼈던 분위기가 있는가를 찾는다. 물론 그때 분위기란 정확히 무엇이 어쨌는가가 아니라 마음속에 담긴 아득한 이미지에 가깝다. 마음속의 이미지와 인화지 위의 이미지 사이의 거리를 좁히기 위해 애쓴다. 당연한 일이지만 그것이 일치하는 경우란 없다. 일치하면 이상하다. 사진은 그 불일치 때문에 존재한다.

유토피아의 변방
오쇠리, 소멸된 마을에서

　오쇠리, 경기도 부천시 오정구 고강1동에 있는 잘 알려져 있지 않은 마을로 가는 길은 셋이 있다. 한 곳은 김포공항 옆을 거치고, 다른 한 길은 화곡동에서 부천시로 진입해서 샛말을 지나는 길이며, 남은 한 길은 부천시에 오는 길이다. 어느 길로 접근하건 오쇠리는 그 기이한 경관 때문에 금방 눈길이 간다.

　오쇠리는 김포공항 바로 옆, 담장 하나를 사이에 두고 붙어있기 때문에 항공기 소음이 대단한 곳이다. 1942년 일제하에서 군용 비행장으로 김포공항이 생긴 이래 수십 년 동안 끔찍한 소음 아래서 마을 사람들은 주로 농사를 지으며 살아왔다. 소음에 대한 항의와 문제 제기가 1978년부터 있었고, 그 결과 1987년 4월 10일 오쇠리는 항공기 소음피해 1종 지역으로 결정되었다. 그 뒤 서울지방항공청과 부천시가 협약하여 주민들의 이주와 보상 문제가 해결되었다.

그러나 오쇠리에 사는 사람 모두가 그런 것은 아니다. 집을 가진 사람들은 대개 원만한 협의가 되어 이주가 거의 이루어졌으나 사정이 어려운 세입자들은 아직 거기 살고 있다. 물론 거주자의 수는 점점 줄어들어 동네에는 사람들이 눈에 잘 띄지 않을 정도이다.

오쇠리는 조선 영조 때에는 부평도호부에 속해 있었고, 1895년 부평군으로 인천부의 관할이 되었다가 1896년 부천군이 신설되면서 오정면의 오쇠리가 되었다. 1963년 부천군 오정면 오쇠리의 일부는 서울특별시로 편입되어 강서구에 속하는 오쇠동이 되었다. 그러니까 상당히 오랜 역사를 가진 마을이 옆에 공항이 생김으로 해서 고통스러운 과정을 거쳐 해체되고 있는 것이다.

사진 속의 오쇠리는 부천시 방향에서 바라본 풍경이다. 비행기의 고도를 보면 항공기 소음이 어떤지 금방 짐작이 갈 것이다. 길을 중심으로 무너져가는 집들이 보인다. 그 옆 공터도 집이 있던 자리이다. 집이 비면 한 채씩 철거되어 공터가 되는 것이다. 공터 뒤편의 나무가 서 있는 곳도 집이 있던 곳이다. 집이 사라진 자리는 무성한 잡초들과 서울지방항공청에서 세운 무단경작 금지 팻말이 서 있다. 이 모든 풍경들은 하나의 자연 부락 혹은 공동체를 형성하고 있던 마을이 어떻게 소멸되어가는지 그리고 그 과정은 어떤 것인지를 쓸쓸하게 보여준다.

내가 처음 오쇠리를 찾아간 것은 99년이었다. 특별한 관심이 있어서가 아니라 근처에서 살고 있다는 우연 때문이었다. 당시에 내가 살던 고강본동도 항공기 소음이 만만치 않아서 익숙해지는 데 한참 걸렸지만 오쇠리는 너무 소음이 심해 익숙해질 수 있는 수준이 아니었다. 지금은 인천공항으로 국제선이 옮겨가는 바람에 줄었지만 그 전에는 거의 일분에 석 대 꼴로 착륙하는 비행기 소리가 들렸다. 동네 전체는 순간적인 폭발력은 낮지만 지속적으로 터지는 무슨 특별한 폭탄을 맞은 것처럼 폐허가 되어가고 있었다. 무너진 집 앞에 쌓인 쓰레기, 문 닫은 가게. 덜렁거리며 뒤집힌 도로 표지판과 낡은 간판, 이곳저곳에 버려진 폐차, 떼로 모여 있는 중장비 등이 기이한 풍경을 만들어내고 있었다. 멀쩡한 것은 집이 허물어진 자리에 서 있는 나무들뿐이었다.

그 놀라운 인상 때문에 가지고 있던 카메라 셔터를 눌렀지만 동네에서 어떤 일이 벌어지고 있는지 전혀 몰랐고 관심도 없었다. 다만 한 가지, 그처럼 한 마을이 폐허가 되는 것이 우리의 삶 전체에 대한 일종의 상징 같다는 생각은 들었다.

댐의 건설로 사라져간 수많은 수몰지구 마을, 신도시 개발에 따른 철거, 그린벨트의 해제와 아파트 단지의 난개발, 대도시 산동네 철거와 재건축이 이루는 거대한 살풍경의 대표가 아닐까 싶었던 것이다.

그 뒤에도 여러 차례 오쇠리엘 들렀다. 어떻게 변했나 궁금했기 때문이었다. 한번은 동네를 돌며 카메라 셔터를 누르고 있는데 주민 한 사람이 어디에서 왔느냐고 약간 공격적인 말투로 물었다. 작가라고 대답하자 고개를 끄덕이며 그렇게 물은 이유를 얘기했다. 그해 일 년 동안 마을에 거의 40차례 정도의 크고 작은 불이 났고 2003년 3월에는 열 살도 안 된 어린 4남매가 불에 타 죽었다고 했다. 신문에

〈오쇠리 풍경 6〉, 2004, 디지털 사진, 인화

그린벨트에서

서 읽은 적이 있는 사건이었지만 그 장소가 오쇠리라는 것은 몰랐었다. 그리고 그 불은 낯선 사람이 사진을 찍어간 다음에 일어났다고 했다. 그래서 사진을 왜 찍느냐고 물었다는 것이었다. 섬뜩했다. 그런 사정을 전혀 모른 채 불에 탄 집 사진을 이미 찍었기 때문이었다. 동네에 유일하게 남은 구멍가게 할머니도 그 얘기를 계속 되풀이했다. 그 불뿐만 아니라 다른 불들도 분명히 누군가 지른 것이라고.

지금도 오쇠리는 집이 한 채 허물어지면 공터가 되고 그 공터에는 쓰레기가 버려지거나 중장비들이 자리를 잡고 있다. 그러는 동안에도 밭에는 파가 자라고 미나리 꽝엔 미나리가 푸르다. 주거 공간은 사라져 가는데도 농토는 여전히 제 기능을 다하고 있는 아이러니 속에 산업화 혹은 현대화의 결과로 소멸되어가는 마을을 대표하고 있는 것이다.

물론 이런 마을, 혹은 자연부락 공동체의 해체는 오쇠리만의 것이 아니다. 오쇠리나 수몰지구의 마을들처럼 개발, 건설이라는 이름의 현대화의 거센 물결에 직접 맞닥뜨리지 않더라도 우리나라의 수많은 농어촌, 시골 마을들은 해체와 소멸, 좋게 말해서 재형성의 과정에 있다. 그 과정은 대개 도시를 중심으로 이루어지기 때문에 시골 마을들은 대개 일방적 피해자다. 그 피해는 마을이라는 공간적 단위의 해체에서 공동체의 소멸, 궁극적으로는 농업을 기반으로 한 생산 단위의 궤멸에 이른다. 게다가 그러한 마을을 이루고 지탱해온 정신적 기반이 되는 유토피아적 이념 혹은 이상의 완전한 소멸은 회복할 수 없는 지경에 이르렀다.

100년 이상 지속되어온 우리나라의 끔찍한 현대화 과정에서 자연부락 단위의 마을들은 천천히 해체되었지만 그에 대한 어떠한 대안도 존재하지 않는다. 물론 농어촌 자연부락의 해체는 현대화의 흐름 속에 구축된 천민적 자본주의 시스템의 생존을 위한 필연적 선택이며 도저히 거스를 수 없는 과정이라고 할 수 있다. 그러나 그 과정에서 농어촌 마을들은 대개는 철저하게 소외되어 있다. 과거의 새마을 운동이니, 취락 구조 개선 사업 따위를 비롯한 농어촌을 살리기 위한 여러 정책들에도 불구하고 해체 또는 소멸의 도정에 있지 않은 마을은 거의 없다. 그 과정에서 시골마을들은 도시의 내부 식민지 기능을 수행하거나 기껏해야 투기의 대상, 아니면 터무니없는 낭만적 신화로 덧씌워진 추억의 장소로 기능할 뿐이다.

11:00 P.M. 파밭 근처에서

오쇠리에서 눈에 띄는 것 중 하나는 폐허가 된 마을과 더불어 작물이 왕성하게 자라고 있는 논, 밭이다. 대파, 미나리, 상추, 배추 따위가 자라는 밭만 본다면 오쇠리는 여느 농촌과 다름이 없다. 그러나 그 농지들은 언젠가 공원 녹지 혹은 골프 연습장으로 바뀔 것이다.

인간이 발을 딛고 사는 땅은 그 자체로는 그냥 땅에 지나지 않는다. 그 땅을 농지, 대지, 주거지 따위로 분류하고 용도를 구별하는 것은 인간의 터무니없는 횡포이다. 이 횡포는 생산 불가능한 자연인 땅의 가격을 매기고, 소유물로 취급하며 더 많이 차지하기 위해 전쟁도 불사한다.

르페브르를 빌어 말하자면 이윤을 추구하려는 목적 때문에 땅은 구분, 구획지어져 철저한 파편화가 이루어진다. 땅을 둘러싼 복잡한 제도와 규정, 법률이 쓰레

〈오쇠리 풍경 3〉, 2004, 디지털 사진, 인화

그린벨트에서

기 더미처럼 땅을 뒤덮고 있는 이유도 그 때문이다.

농지는 이러한 땅 가운데 도시의 상업지나 주거지와는 달리 자체의 생산성 때문에 가치를 가지는 경우에 속한다. 물론 농지의 가격은 땅의 생산성이 아니라 위치에 따라 결정되는 자본주의 지가의 속성 때문에 상대적으로 싸다. 그러나 가격이 싸다는 것, 위치 자본을 갖지 못한다는 것이 농지의 중요성을 낮춰 보는 근거가 되지 못한다.

농지는 근본적으로 곡물, 채소 등의 농작물의 생산을 위한 공간이다. 이 공간이 공원이나 골프장으로 바뀐다는 것은 땅이 가진 본원적인 생산 능력을 포기한다는 뜻이다. 즉 농작물을 생산하는 공간을 여유, 놀이의 공간으로 전환하는 것이다. 이러한 전환은 오쇠리의 경우에는 항공기 소음 때문에 주거 공간 따위로 전환할 수 없다는 점에서 선택의 여지가 거의 없기는 하다. 그러나 이는 달리 보면 오쇠리는 공간이 공항과 항공기 소음에 의해 생산성을 박탈당했음을 뜻하며, 곧 자본주의 이윤추구 경쟁에서 탈락했음을 말한다. 따라서 오쇠리의 녹지화, 공원화 계획이란 결국 녹지화를 통한 공공적 이익을 얻으려는 목적에서가 아니라 농지나 택지로서 더 이상 이용 가치가 없음을 선언하는 것 외에 아무것도 아니다.

아마도 농지의 생산성을 박탈하고, 나아가 다른 용도로의 전환을 통해 더 많은 이윤을 추구하는 행위는 그린벨트 지역에서 가장 심각할 것이다. 서울과 그 위성 도시를 둘러싼 그린벨트에 오염물 처리 시설을 갖추지 않은 무허가 공장, 하수도 시설이 없는 음식점들, 축사 등의 환경 오염 시설이 들어서 있다는 것은 널리 알려진 바 있다. 농지의 경우에도 외형만 비닐하우스이고 내부는 공장으로 쓰이는 곳이 흔하다. 게다가 농지를 구입한 후 그 자리에 폐기물을 묻거나, 토사를 쏟아 부어 형질 변경을 꾀하는 경우도 무수히 많다.

그런 경우 그린벨트는 실질적으로 무의미한 공간이 된다. 더 많은 이익을 얻으려는 욕망을 강제로 막는 장소로서 그린벨트는 기형적인 모습을 갖게 되는 것이다. 이는 결국 그린벨트 존속의 문제 혹은 그린벨트가 누구를 위한 것인가에 대한 의문으로 나타난다. 사실 그린벨트는 그린벨트 내에 사는 사람들을 위한 것이 아니다. 그린벨트는 원래 부족한 도시의 녹지 공간을 확보하고, 도시의 무차별적 성장과 연담화를 막고, 우리나라의 특수한 안보적 상황 때문에 등장한 것이다. 그러니까 철저하게 도시민, 도시를 위한 공간인 것이다. 이는 곧 농촌 혹은 그린벨트 지역이 도시를 위한 식민지 역할을 하고 있다는 증거이다. 그러니까 결국 그린벨트와 농촌은 도시민의 여가의 장소, 식량 공급지 등의 배후지 역할을 하고 있으며 오쇠리의 공원으로의 전환 또한 같은 줄기에서 바라볼 수밖에 없다.

사진 속의 오쇠리 파밭은 수확하는 것처럼 보이지만 파를 옮겨 심는 중이다. 파밭의 뒤쪽에는 폐허가 돼가는 마을이 있다. 이 아이러니한 경관은 땅, 혹은 대지의 생명력, 농민의 끈질김 따위의 문학적 수사로 표현될 수 있는 것이 아니다. 이른바 비자본주의적 공간과 활동들이 파괴되어 이미 주변화된 땅에 내려진 사망 선고에 저항하는 일종의 상징이 된다.

세입자들의 완전한 이주가 끝나고 농지들이 사라지면 르페브르가 말하는 식의 역사적, 구체적 공간으로서의 오쇠리는 완전히 소멸된다. 그 소멸 위에 인위적인 녹지가 만들어지고 나면 오쇠리가 존재했다는 증거는 완벽히 사라지고 남는 것은 희미한 기억과 같은 기록뿐일 것이다.

14:00 P.M. 마을 회관에서

오쇠리 전체의 모습을 조망할 수 있는 곳의 하나는 마을 회관이다. 오쇠리 마을 회관은 약간 높은 언덕 위에 자리잡고 있다. 오쇠리의 농가 혹은 상가 주택과는 달리 붉은 벽돌로 지어진 이층 건물인 마을 회관의 일부는 무너졌고, 이층에는 사람이 살고 있다. 정면에서 바라보면 튀어나와 있는 현관, 건물 옆 이층으로 가는 계단 때문에 마을에 있는 다른 건축물들과는 겉보기에도 명백히 다르며 그 위치 또한 그렇다. 높은 곳에 자리잡고 있기 때문에 건물 이층에 올라가면 마을 전체와 김포공항까지 내려다볼 수 있다. 이른바 공간구문론space syntax적 해석에 따르자면 위상도가 높아 마을의 다른 곳으로 쉽게 이동할 수 있는 자리를 차지한다.

공간구문론에서 말하는 위상도intergration는 복잡한 방식으로 계산되지만 대강 살펴보면 위상도의 높이는 하나의 단위 공간에서 전체 공간 조직에 포함된 다른 공간으로 이동하는 데 얼마만한 공간을 거쳐야 하는가에 따라 결정된다. 그리고 공간을 거치는 단계가 적을수록 그 공간이 다른 공간에 비해 위상학적 중심에 있다고 여겨진다.

오쇠리에서 위상도가 높은 또 다른 지역은 지금은 세입자 대책위원회 본부로 쓰이고 있는 농협 건물과 삼거리 지역이다. 식당, 이발소, 잡화점, 전자제품 가게

<오쇠리 풍경 4>, 2004, 디지털 사진, 인화

들이 모여 있는 그곳은 서울, 부천으로 통하는 교차로이기도 하다. 이 두 개의 위상중심핵 지역 가운데 마을 회관의 위상은 독특하다. 마을 회관은 마을 나름의 상업, 금융 중심의 오쇠 삼거리와는 달리 공동체의 상징이자 집합 장소이기 때문이다.

공동체로서의 자연부락은 일종의 유토피아의 일상적 실천이다. 물론 그 유토피아는 어디에도 없는 곳이라는 본래의 의미와 일치하는 곳은 아니다. 유토피아, 곧 이상향이란 현실에 없으며 있을 수도 없다. 그러나 전통적 농경 사회에서 하나의 마을은 독립된 이상적 공동체이며 현실적인 유토피아라고 보아도 크게 틀리지 않을 것이다. 마을 안에서 나고, 자라고, 살아가며 일생을 보내는 사람들에게 마을은 명백히 다른 곳으로 대체할 수 없는 유일무이한 공간이다. 오쇠리의 해체는 바로 이러한 공간의 해체이며 다른 것으로 대신할 수 없다. 비록 오쇠리 사람들의 이주가 가까운 부천시 오정구 작동에 이루어졌지만 그곳은 오쇠리와 같은 자연 부락이 아니라 계획된 도시의 일부이다. 때문에 오쇠리가 본래 가졌던 마을로서의 성격은 거의 없다.

무엇보다 이주 단지가 잃어버린 것은 특별한 장소성sence of place이다. 장소성이란 지리학에서 다른 곳과 구별되는 단위 장소의 고유한 특성을 의미한다. 마이클 이그나티에프에 따르자면 20세기 초까지 대다수 인간의 삶은 그들이 하루 동안에 걷거나 타고 갈 수 있는 거리에 속박되었다. 사투리와 지역 정체성은 지역의 산물과 전통을 활용하여 독특한 스타일을 낳음으로써, 더욱 뚜렷해지고 강화되었다. 사회적인 가치, 기술과 환경 간의 조화가 다른 요인들보다 우세하였고, 근본, 장소의 정신, 어떤 곳에 귀속하고자 하는 언어로 표현되었다. 이러한 장소감, 장소성은 인간의 삶에 있어 강력하고 긍정적인 힘이었다고 볼 수 있다.

그러니까 근대화 이전의 세계의 모든 공간들은 나름의 특별한 장소성을 지니고 있었던 것이다. 그러나 국제주의적 양식, 모던 건축과 도시 설계가 득세한 이래로 이러한 장소성은 약화되고 사라져 버렸다. 예를 들면 서울의 경우 장소성이 사라진 자리에는 이른바 무장소성placelessness이 그것을 대신한다. 대도시 어디에서나 볼 수 있는 건물, 상점, 가로 풍경 등은 약간의 차이는 있지만 대단히 유사한 경관을 가지고 있다. 이 유사한 경관들은 사실 다른 도시의 장소성을 훔쳐온 장소적 도용이라는 혐의가 짙다. 그러한 장소성의 사라진 자리를 무장소성과 지리적 인용, 장소의 표절이 대신한다.

오쇠리가 가지는 독특한 장소감은 공항과 소음에 의해 천천히 파괴되고 끝내는 궤멸되었다. 아마도 새로운 단지로 이주를 한 사람들 사이의 유대감과 공동체는 와해되었을 것이며 버려진 마을 회관은 그 상징이다. 공동체적 커뮤니케이션을 할 수 없는 오쇠리 사람들은 사이버 공간에 친목 모임을 만든다. 물론 이러한 친목 모임은 오쇠리 출신만의 특별한 것은 아니지만 대안 없는 선택의 결과이다. 이른바 장소에 대한 사랑 혹은 애착인 장소애topophilia가 사라진 자리를 대신하는 사이버 교류의 장인 것이다. 물론 그러한 사이버 장소는 지리학적 장소감을 대신할 수 없다는 것이 분명해 보인다.

16 : 25 P. M. 잡초와 쓰레기 사이에서

오쇠리의 집들은 말 그대로 폐허다. 겉보기에 사람이 살지 않을 것 같은 그곳에 사람들이 산다. 아직 갈 곳이 없는 세입자들이다. 오쇠리 지역 전체의 집 주인들과 세입자들의 수는 1999년 부천시 의회 회의록에 따르면 천 세대가 넘는다. 98년 286세대의 집 주인들에게는 오쇠리에서 그리 멀지 않은 오정구 작동 부지에 이주 단지가 만들어져 원만히 분양이 되었다고 한다. 그러한 집 주인들을 제외한 세입자 780세대 중 상당수는 영구 임대 아파트에 입주했고, 여전히 남아 있는 세대는 약 120여 세대이다. 99년의 회의록은 2002년 무렵이면 세입자 대책이 해결될 것 같다는 전망을 보이고 있으나 아직 완료되지 않았다.

2004년 5월 세입자 대책 위원회 건물에 붙은 공고문에는 27일 열리는 임시총회를 알리고 있었다. 안건 사항으로 오쇠리의 문제점과 대안, 부천 시청과 주택공

〈오쇠리 풍경 9〉, 2004, 디지털 사진, 인화

그린벨트에서

사, 항공청, 대책위의 4자 면담을 통해 앞으로의 진로를 결정하겠다는 내용이 적혀 있었다. 그러니까 오쇠리의 세입자 대책 문제는 아직 진행 중인 것이다.

오쇠리에 남은 세입자들은 우리 사회에서 가장 변방에 있는 사람들이다. 대책위원회 위원장의 표현대로 진짜 3-400만 원이 전 재산이어서 어디 가도 월세도 얻을 수 없는 사람들만 모여 있다. 때문에 오쇠리의 폐허가 된 집들은 변방의 주거지이며 그 열악한 조건들은 마을을 한 바퀴 돌아보면 금방 알 수 있다. 경우에 따라서 오쇠리는 사람이 사는 마을이 아니라 지나치게 사실적인 영화 세트나 과거에서 현재로 갑자기 공간 이동이 이루어진 것처럼 보이기도 한다.

오쇠리에는 쓰레기가 많다. 그 자체로 쓰레기가 되어 버린 집을 제외하면, 대다수의 쓰레기들은 그곳에 사는 주민들이 버린 것이 아니다. 버려진 폐차, 냉장고, 액자 같은 덩치 큰 폐기물부터 청량음료 깡통까지 쓰레기들이 산을 이루고 있을 때도 있다. 폐차의 경우 번호판을 떼낸 차를 버리면 누군가 엔진과 부속품을 가져가고, 다음엔 차체가 사라져버린다. 그러니까 오쇠리는 도시에서 생산된 쓰레기들의 하치장이자 중간 경유지이기도 하다.

사진에 보이는 집과 그 앞의 쓰레기들도 마찬가지 경로를 거친 것들이다. 작년만 해도 쓰레기가 있던 자리는 멀쩡한 마당이었고 그 옆에 집 두어 채가 더 있었다. 일 년이 지나기 전에 집들은 사라지고 쓰레기 더미가 쌓여 있다. 이 쓰레기들은 재활용 쓰레기를 팔기 위해 일부러 모아 놓은 것일 가능성이 높지만 이곳 말고도 오쇠리 도처에 쓰레기들은 많다.

도시에서 생산된 쓰레기들은 도시에서 처리되지 않는다. 도시의 인구 밀집 지역에서 만들어진 쓰레기들은 우리가 알다시피 도시 밖에 묻히거나 소각된다. 지금은 공원이 된 난지도도 쓰레기를 묻기 시작할 때는 도심의 외곽이었고, 현재의 김포 쓰레기 매립장도 마찬가지다. 그러니까 도시 밖의 농촌, 혹은 시골은 이중으로 착취당하고 있다. 한편으로는 도시에 경제, 정치적인 착취를 당하면서, 한편으로는 그린벨트 지역에 몰래 내다 버리는 쓰레기나 오쇠리 같은 마을의 쓰레기, 더 나아가 매립장의 쓰레기처럼 도시에서 생산되거나 도시인들을 위한 쓰레기의 처리장인 것이다.

달리 말하면 도시 외곽의 농촌은 국가 내의 제삼세계이다. 서방 선진국들이 자국 내에서 처리 곤란한 쓰레기들을 몇 푼의 경제 보상과 함께 제삼세계로 유출하는 것과 같은 것이다. 우리나라의 핵 폐기물 매립을 둘러싼 오랜 논쟁, 투쟁도 마찬가지 관점에서 보아야 한다. 핵을 이용해서 생산된 전력의 가장 큰 수혜자들은 도시민들이다. 그러나 그 과정에서 생산된 핵 폐기물을 매립하거나 수용하려는 도시는 어디에도 없다. 서울 서초구의 경우에서 보듯이 반드시 필요한 화장장을 짓자는 데도 자신들의 사소한 경제적 이익 때문에 배타적이고 투쟁적인 도시민들이 그런 발상을 허용할 리가 없다.

인구가 희박하고, 지반이 안정되어 있으며, 경제적 보상에 동의하는 지역을 찾기 어려운 이유 중의 하나는 핵 폐기물이 가진 위험성 때문일 것이다. 그러나 보다 본질적인 이유는 아마도 그 과정과 목적 등이 착취적 구조의 일부라는 것을 본능적으로 알고 있기 때문일 것이며 단순한 님비 현상으로 볼 수 없다. 그리고 핵 폐기물 매립 후보지로 자주 외딴 섬이 거론되는 이유는 섬이야말로 진정한 변방이기 때문일 것이다.

오쇠리는 자본주의 시스템, 현대화의 흐름 속에서 용도 폐기된 땅이자 마을이다. 그 용도 폐기는 오쇠리 자체가 쓰레기 취급을 받고 있다는 증거이며 거기에 건설된다는 녹지는 난지도가 그러하듯이 쓰레기를 덮어 버리는 녹색 포장술의 일종일 것이다.

18:10 P.M. 마을을 나오며

착잡한 기분으로 오쇠리를 한 바퀴 돌아보고 서울 쪽으로 나오면 김포공항 앞에 야간 착륙을 위한 항공기 유도등이 줄지어 서 있다. 착륙하는 항공기들이 광명, 안양천, 화곡동을 거쳐 공항에 내리는 노선을 그리며 주위를 둘러보면 사방이 평야 지대여서 논밭과 나지막한 구릉만이 눈에 뜨인다. 김포공항이 왜 여기에 들어서게 되었는지를 단박에 알겠다.

김포공항은 42년 일제 치하에 군용 비행장으로 개설된 뒤, 57년까지 군용 비행장으로 사용되다 58년 국제공항이 되었다. 71년 여의도 공항이 폐쇄되면서 국내선 항공기도 김포를 이용하게 된다. 국제공항이 된 이후 거의 50년이 지났고, 오쇠리는 그동안 고사의 길을 걸어온 것이다.

언젠가 일본의 나리타 공항을 건설하면서 토지를 수용당한 농민들이 벌이는 투쟁을 담은 흑백 다큐멘터리를 본 적이 있다. 결국 농민들의 거센 투쟁에도 불구하고 나리타 공항은 건설되었지만 김포공항은 건설, 확장을 거치는 동안 주변의 마을과 사람들이 어떤 반응을 보였는지 다큐멘터리 따위도 남아있지 않다. 신도시, 공항, 고속도로, 고속철 따위의 범국가적 건설 프로젝트 사업에 수용되는 토지들은 늘 농지, 임야, 마을이 주를 이룬다. 어찌 보면 당연하기도 하지만 그 당연함으로 이익을 보는 것은 늘 도시민들이다. 그것도 주변의 토지에 자본을 투자해서 이익을 볼 수 있는 중산계급 이상이다. 이 뿌리 깊은 악순환은 최근의 신행정수도를 둘러싼 투기 논란에서도 이어지고 있고 아마 앞으로도 계속될 것이다. 널리 보아 오쇠리도 천천히 진행되고 그 결과는 약간 달랐지만 결국은 그 범주에 속해 있다.

오쇠리를 나오며 머리를 떠나지 않는 것은 이제 우리는 살 만한 공간을 가질 수 없는가, 이윤과 투기의 입장에서 바라보지 않는 시각을 가진 제대로 된 공동체와

〈오쇠리 풍경 5〉, 2004, 디지털 사진, 인화

그린벨트에서

공간은 없는가 하는 의문이다. 르페브르 말대로 이제 모든 공간과 땅은 균질화, 파편화, 위계화되어 더이상 자본주의와 국가 권력의 제어로부터 자유로울 수 없을 것만 같다. 우리의 경우 서울을 중심으로 한 대도시를 벗어나려는 노력이 결국은 투기적이고 폐쇄적인 신도시, 기껏해야 투자 목적과 어처구니 없이 낭만적 생각에서 출발한 전원주택 단지, 상업적 목적의 팬션 따위로 확산되는 것을 보면 더욱 우울해지지 않을 수가 없다.

때문에 최근에 우연히 가보게 된 헤이리에 대해서도 다시 생각하게 된다. 오쇠리와 마찬가지로 같은 경기도에 있는 헤이리는 오쇠리와 완벽한 대척점에 서 있다. 동시대, 거리상으로는 멀지 않은 곳이면서도 두 곳의 양상은 무척 다르다.

오쇠리가 소멸되어가는 마을임에 반해 헤이리는 생성중인 도시이다. 사실 그 규모로는 오쇠리보다 작기 때문에 도시라기보다는 헤이리 아트 벨리라는 공식 이름처럼 마을에 가깝다. 행정 구역상으로는 경기도 파주시에 속하는데 임진강, 통일동산, 곧 북한에 가깝기 때문에 부동산 투자처로는 매력 있는 곳이 아니다. 오쇠리와 더불어 두 장소 모두 경기도에 위치한다는 것은 두 곳 모두 서울의 영향, 혹은 메갈로폴리스로서의 서울의 위세를 보여준다.

헤이리의 태동은 95년부터였다고 헤이리 홈페이지는 전한다. 그 후 우여곡절을 거쳐 이제 헤이리는 건물들이 상당수 들어서서 마을의 꼴을 갖추기 시작했다. 계획에 따르면 몇 년 내에 헤이리 안의 모든 건축물이 완성될 것이라고 한다.

헤이리의 건설에는 몇 가지 원칙이 있다. 그 원칙들은 헤이리 기획위원회를 중심으로 결정된 것인데 목적은 헤이리를 다른 곳과 차별화하기 위한 방편으로 만들어졌다고 볼 수 있다. 이를 간단히 요약해보면, 자연이 살아 숨쉬는 생태 마을, 그린네트워크로 디자인된 마스터 플랜, 최고의 건축가들이 설계하는 건축 전시실, 광장과 길과 울타리가 미술 작품으로 조성된 곳, 예술성 높은 교량을 위한 현상 설계 실시, 휴먼 스케일을 살린 스카이 라인, 자연 친화적 길, 건물, 가로등, 하천의 정비, 다리 등등이 그것이다.

이런 원칙들이 관철되고 있다는 것을 가장 먼저 보여주는 것은 멀쩡하게 남아있는 야산들이다. 대개 신도시를 만들게 되면 건축 면적을 넓히기 위해 밀어버리는 나지막한 야산들이 그대로 있다는 것이 헤이리라는 장소의 성격을 잘 보여준다.

헤이리는 거대한 건축 전시장이다. 길을 따라 걸으면 그대로 전시장을 한 바퀴 도는 셈이다. 그중 몇 건축은 베니스 건축 비엔날레에도 나갔으니 문자 그대로 대한민국 대표 건축들이 모인 셈이다.

그리고 그러기 위해서는 앞서 말한 엄격한 규정들을 지켜야 했다. 예를 들면 분양 받은 면적의 절반은 녹지로 조성해야 하고, 담장과 대문을 만들 수 없으며, 용적율은 100%를 넘을 수 없다는 것 따위가 그것이다. 거기에 보태어 건물은 시멘트나 목재 등의 재료의 물질적 성격을 적실히 드러내어 시간에 따라 변해가는 모습을 그대로 보여주도록 제한했으며, 색채 역시 안팎이 같아야 했다. 그것도 페인트를 칠하는 것이 아니라 시멘트에 색을 섞어 색을 내는 등의 조건들이다.

그렇다면 그렇게 엄격한 규정들 속에 지어진 건축들은 어떨까? 건축물 하나하나는 나쁘지 않다. 아니 일반적인 아무런 원칙도 없이 지어진 건물들에 비하면 분명히 환경을 고려했고, 개성있으며, 심미적이고 작품이라는 느낌이 확실히 든다.

그러나 이상하게도 헤이리 안의 길을 따라 걸으며 느끼게 되는 것은 기묘한 이질감이다. 분명히 잘 지었는데 주위 환경과 부딪히는 것이다. 그 이유는 여러 가지가 있을 것이다. 우선은 주위 환경이 완전히 정비되지 않았다는 것이다. 정비라는 말은 이상하지만 건물들이 들어선 사이 야생적인 잡초들이 무성하기 때문인지도 모른다. 물론 그것이 전부는 아니다. 어차피 헤이리의 구상대로라면 잡초는 잔디

〈헤이리 풍경–들판〉, 2004, 디지털 사진, 인화

나 기타 흔해 빠진 조경으로 대치되지 않은 채 남아있어야 하기 때문이다.

물론 어떤 건축물들은 주위 환경과 조화되도록 잘 배려되어 있다. 예를 들면 헤이리 사무소로 쓰이는 건축물은 도로의 높이와 지붕의 높이가 같고 지붕이 일종

의 광장이나 마당 역할을 하며 공간의 짜임새도 그럴듯하다. 그러나 거기를 떠나 길을 걸으며 보게 되는 건물들에서 느끼는 이질감은 감출 수가 없다. 다시 한번 왜 그럴까 하는 질문이 나오지 않을 수 없다.

어째서 70년대 우리나라 미술품 전시장을 걷는 듯한 느낌이 드는 것일까? 어디선가 본 듯하고 모두 다 그럴듯한데 땅과, 야산과, 시내와, 잡초와, 하늘과 달라 붙어 있지 않은 것은 왜일까? 건물에 스며있는 엘리티시즘 때문일까? 아니면 한 번도 이런 공간을 본 적이 없어서일까? 어쨌든 한 가지 이유 때문만은 아닌 듯하다. 뭔가 복합적인 어떤 이유가 거기에는 있다. 흔해 빠진 전원주택이나 까페 모양이 아닌 것만해도 천만다행이다 싶지만 그것으로는 부족하다.

헤이리는 장소성을 가진 도시를 만들기 위한 몸부림이다. 나라 어디를 가든 똑같은 건물, 간판, 업종, 아파트가 들어서있는 도저한 무장소성으로부터 탈출하려는 시도이다. 모두 다 서울의 파편이자 부분과 같은 끔찍함으로부터 벗어나 있는 명백한 장소성을 가진 공간이 있다는 것은 축복이다. 하지만 그 인위적 장소성, 특수함의 추구가 뭘 의미하는지 어떻게 될 것인지는 더 두고 봐야 할 일이다.

헤이리에서 가장 맘에 드는 것은 시내와 잡초들이다. 시내 위에 놓은 다양한 다리들도 괜찮다. 사실 헤이리가 문화적 생산과 소비를 위한 공간이라는 것은 부차적인 일일지도 모른다. 그러기 위해 일종의 배타성, 부르디외 식의 차별성을 갖는 것도 나쁘지 않다. 물론 쓸데없는 걱정이겠지만 이 차별성이 지리학에서 말하는 폐쇄적 장소place cocoons 형성을 통해 다른 장소, 다른 사람들을 경멸적으로 다루게 되는 중독된 장소감으로 발전하지 않는다는 전제하에서이다. 그럼에도 불구하고 한 가지 마음에 걸리는 것은 문화적 집단거주지, 생산지를 만든다고 해서 질 높고 그럴듯한 문화적 생산물이 나오리라는 보장이 없다는 것이다. 어찌 보면 헤이리는 탈산업주의의 시대에 새로운 문화 산업을 위한 생태 환경적 접근의 한 예이자 실험일 수 있다. 그 실험이 성공이 될지 아닐지는 물론 지금으로서는 알 수 없다.

헤이리는 소문난 만큼 관심 받을 가치가 있다. 안에서 무엇을 생산하고 소비하는가는 부차적인 문제고 친환경 생태 마을이자 민주적 공동체라는 개념과 그에 따른 실천이 설득력이 있다. 더 따지자면 친환경 생태라는 말이나 그런 행위 자체가 결과와 상관없이 흔해 빠졌고, 또 근래의 지배적인 유행인 웰빙이라는 말이 붙을 만한 마을에 가까우므로 그냥 그렇군 할 수도 있다. 하지만 적어도 아파트 건설사들이 내세우는 광고와는 확실히 차이가 있다는 점에서 특수한 하나의 모델로 지켜볼 만하다.

오쇠리를 나오다 뒤돌아 보면 공항과 마을이 함께 십 년 만의 무더위라는 뜨거운 햇볕 속에 아득히 흐려 보인다. 이런 거리에서는 둘 다 별 차이 없는 것처럼 보이기도 한다. 그러나 공항은 오쇠리를 집어삼킨 괴물이고 오쇠리는 그 희생자이다. 그러니까 괴물 옆에 가장 가까이 있는 자가 늘 제일 먼저 희생되는 것이다.

북한산의 봄

　북한산 입구까지 버스를 타고 가는 길은 기이하다. 지금은 은평 신도시 개발 계획 때문에 아파트를 짓느라 철제 울타리를 둘러싼 공사장들이 눈길을 턱 막아버리지만 전에는 길가에 줄지어 선 퇴락한 가게들과 집들이 좋은 구경거리였다. 아니 구경거리가 아니라 많은 것을 생각하게 했었다. 서울이라는 거대 도시에 달라붙은 그린벨트 구역 내에서 작은 면단위 정도의 마을이 어떻게 겨우 생존하는지에 대한 증거였다. 낮은 집들, 농촌 주택을 개조해 세를 주는 사람들, 먼지를 날리며 가는 버스. 그 길은 대학시절 예비군 훈련을 받으러 노고산 훈련장으로 갈 때 지나던 길이기도 했다. 그때마다 길가에 있던 공원과 가든이라는 이름을 가진 음식점들이 너무 싫었었다. 공원이라니.

　북한산 입구 정류장에서 내리면 바로 앞에 개울이 흐른다. 개울이라기에는 좀

넓고, 강이라고 부르기에는 작다. 창릉천이다. 임진강 지류인 것 같기도 한데 그것도 짐작일 뿐이다. 다리를 건너면 마을들이 있다. 시골 농촌 마을의 원형은 아니지만 그와 비슷한 마을들이다.

어느 봄날 아무 생각 없이 버스를 타고 그 동네 구경을 간다. 물론 카메라를 메고서이다. 그리고 거기서 뜻밖의 광경을 본다. 봄. 아주 오래전에 잊어버려서 다시는 마주치지 않을 것도 같던 시골의 봄이다. 내가 태어난 곳은 서울에서 보자면 남쪽으로 북위 3도는 내려가야 한다. 그런데 너무 닮았다.

마을 사이에 논이 있다. 두어 마지기가 될 듯 말 듯하다. 저 쪽에 품위 있는 소나무 한 그루가 서 있고 논에는 바랭이 풀이 잔뜩 나있다. 역시 초록 봄풀이 잔뜩 돋아난 논둑 위를 노란 옷을 입은 사내아이 둘이 봄에 취해 돌아다닌다. 그렇다. 봄에 취했다. 그냥 돌아다니는 것이 아니라 아이들만의 방식으로 봄에 취해 예찬을 보내는 것이다.

그날 서울 근교에서 나는 비로소 봄 같은 봄을 보았다. 이제 나도 이해할 수 있다. 칠순의 어머니가 왜 봄이 되면 그토록 고향에 가시고 싶어 하시는지. 거의 하루 종일 걸려 고향에 가신 어머니는 다음 날 아침 그러셨다. "나 산에 놀러 갈란다. 가서 무슨 풀이 났는지, 얼마나 자랐는지 보면 얼마나 재밌는디."라고. 그리고 바구니나 비닐 포대를 들고 고사리며 나물을 뜯으러 가셨다. 그러니까 그것은 어머니 방식의 봄에 대한 찬가이자 살아있음에 대한 기꺼운 확인인 셈이리라. 아마도 그 안에는 인류학적 그 어떤 것이 있을 것 같은 생각이 든다.

내가 봄에 대해 보내는 예찬은 카메라를 들고 돌아다니는 것이다. 사실은 사진을 찍는 것보다 눈으로 봄을 보고 몸으로 느끼는 것이 목적이다. 옛날식으로 말하면 일종의 상춘 사진 찍기인 이 순례를 올해도 했다. 평일 날 느지막이 버스를 타고 북한산 근처에서 송추, 신원리, 삼송리, 벽제까지 돌았다. 신원리, 삼송리는 이제 다시 그런 봄을 보기가 어려울 것 같다. 집집마다 신도시 개발을 반대하는 깃발이 걸려있었고 거의 절규에 가까운 문구가 새겨진 플래카드가 꽃보다 더 눈에 띄었다. 이 글에는 이런 내용을 담고 싶지 않았지만 결국 또 이런 얘기가 들어가고 말았다. 도대체 피해갈 수가 없는 것이다. 이제 북한산 입구도 걱정이다. 언제 어떻게 될지 알 수가 없다.

〈변방의 봄, 뒷마당〉, 2003, 디지털 사진, 인화

그린벨트에서

여의도 벗꽃 놀이, 축제 **>** 뒤풀이 혹은

놀이는 즐겁다.

여의도 벗꽃 놀이, 축제

버스를 타고 여의도를 지나는 길이었다. 뿌연 사월 하늘을 뚫고 햇볕이 은근하고도 몽환적으로 차창으로 스며든다. 졸렸다. 그렇다면 자야지. 한참 자다 다시 눈을 떴는데 아직도 여의도다. 육삼 빌딩이 저만치 보이는 데서 잠이 든 것 같은데 아직도 더 커진 육삼 빌딩이 눈앞에 있다. 차가 왜 막히는지 알 수가 없다. 조금씩 조금씩 변비 걸린 대장 속을 밀고 가는 그 무엇처럼 버스가 움직이다 서고 다시 움직인다. 간신히 육삼 빌딩 앞을 지날 무렵 사정을 알게 되었다. 여의도 벗꽃 축제 때문이다. 견디다 못해 버스에서 내려 버렸다.

사람들이 윤중제 벗꽃길을 둘러싸고 걷고, 사진 찍고, 먹고, 마시고 놀고 있다. 어차피 시간에 맞춰 어딜 가야하는 일이 있는 것도 아니어서 구경을 하러 시민공원으로 내려간다. 거기에는 사람들이 좀 적다. 적은 것이 아니라 윤중제 벗꽃길

보다 넓어서 그렇게 보일 것이다. 한강시민공원은 두 번짼가? 언젠가 와본 것 같은데 기억이 희미하다. 기억나는 것이라곤 대학 시절 가까운 다리 아래서 삼겹살을 구워먹던 기억뿐이다.

잔디밭에는 가족, 친구, 친지, 직장 동료들이 군데군데 모여 먹을 것들을 펼쳐놓고 앉아 있다. 아이들은 뛰고 구르고 연을 날리고, 연인들은 손을 잡고 걷는다. 이게 뭘까. 낯설다. 먹이를 찾아 내려온 철새 떼 같다. 마침 가방 안에 카메라가 있다. 꺼내서 사진을 찍는다. 되도록 낮은 앵글로. 꽃 옆에서 사진을 찍는 정체불명의 젊은 여자아이들도 찍고, 외국인 노동자들의 들놀이도 찍고 가족들도 찍는다. 꽃 구경보다 이게 더 재밌다.

돌아와서 사진들을 정리하면서 생각한다. 이건 일종의 병이다. 해수욕장엘 가도 그렇고, 축제 마당을 가봐도 그렇고 모두 노는 일에 굶주려 있다. 뭘까? 알려진 놀이터마다 사람들이 떼로 덤벼 노는 것은 놀이에 대한 허기 때문일 게다. 그 허기는 축제에 대한 허기일 수도 있다.

우리나라 사람들은 잘 놀지 못한다. 아니 잘 놀지 못한다기보다 제정신으로 놀지 못한다. 거의 반드시 술의 힘을 빌어야 한다. 약간 취하거나 거의 인사불성이 되어야 비로소 논다. 그리고 뒤끝이 좋지 못하다. 이건 순전히 놀아본 적이 없기 때문이다. 왜냐면 우리는 논다는 것에 일종의 죄책감을 갖고 있기 때문이다. 언어 습관을 봐도 그렇다. 나조차도 "지금 뭐하세요?"라고 누군가 물으면 약간 죄책감을 갖고 논다라고 답한다. 이때 논다는 것은 즐긴다는 것이 아니다. 특별히 일을 하지 않고 있다는 말이다. 우리말 놀다 속에는 일하지 않는다, 즐긴다, 쉰다, 게으르다 등등의 뜻이 들어있다. 그리고 그 뜻 가운데 즐긴다는 뜻은 일 순위가 아니다. 일 순위는 아마도 일을 하지 않고 있다일 것이다.

잘 놀지 못하니까 스스로 좋아하는 일을 하면서 놀거나 혼자서 즐기지 못한다. 그래서 누군가와 함께 놀거나 아니면 술의 힘을 빌어야 한다. 더구나 이런 놀이들은 점점 강제성을 띠면서 제도화된다.

노는 것은 몸과 마음을 스트레스나 일상적인 모든 압력으로부터 해방시키는 것이다. 그러므로 좋은 것이다. 하지만 우리 사회에서 논다는 것은 일종의 수치처럼 취급된다. 축제도 노는 것의 일종이다. 놀아도 아주 본격적으로 노는 것이 축제이다. 남의 말들을 빌릴 것도 없이 축제의 가장 큰 특징은 비일상적인 데 있다. 아니 탈일상적이라고 부르는 것이 옳을지도 모른다. 날마다 하는 일, 판에 박힌 생활로부터의 일시적인 탈출 혹은 해방이자 일탈의 시간이다. 그러므로 사람들은 축제 동안 하던 일을 그만두고 놀고, 쉬고, 먹고, 마시고 경우에 따라서는 광란에 빠지기도 한다. 그것이 축제의 본성이다. 다시 말하자면 축제란 인간의 동물적인 본능에 충실해지는 시간인 것이다.

그리고 그러한 축제는 제도화된다. 싫건 좋건 제도화된 축제는 관습이 된다. 그 대표적인 예가 명절이다. 단오, 추석, 설 등의 명절이 바로 제도화된 축제의 형태이다. 하지만 이러한 축제들은 이제 간신히 형식으로만 존재한다. 단오는 이미 그네타기 따위를 했다는 전설로 존재하고, 설과 추석은 귀성행렬로만 대표된다. 다시 말해 그것은 축제가 아니라 축제에 대한 향수로서 존재하는 것이다. 고속도로

를 가득 메운 차들과 헬기를 타고 그것을 중계하는 텔레비전의 축제라고 하는 것
이 옳을 것이다. 귀성, 성묘, 차례, 세배, 뇌물적 성격을 지닌 선물 등으로 대표되
는 우리의 명절은 이미 축제가 아니다.

　제도화된 축제인 명절이 이렇게 된 이유는 두말할 필요도 없이 그 축제들을 생
산한 사회, 경제적인 토대가 바뀌었기 때문이다. 단오, 백중, 추석, 설 등은 기본
적으로 농경사회의 산물이다. 추수감사제 성격의 추석은 말할 것도 없고 다른 명
절들도 마찬가지이다. 그러한 축제들은 마을 단위의 고정적이고 정적인 삶을 살
던 시대의 것이다. 따라서 오늘날과 같은 사회와 문화 속에서 전통적인 축제로서
의 명절은 형해만 남게 된다. 즉 새롭게 바뀐 삶의 형식에 걸맞는 축제를 우리는

갖고 있지 못한 것이다. 때문에 우리는 그것의 대체물들을 찾는다.

대표적인 예가 바로 크리스마스와 발렌타인 데이이다. 양자 모두 기독교의 축제이자 서양의 축제이다. 그러나 그 종교적 축제로서의 본질적인 성격은 사라지고 상업적, 쾌락적으로 변질된다. 물론 내 주장은 크리스마스나 발렌타인 데이를 없애자라든가 종교적 성격에 충실하라는 것이 아니다. 문제는 우리가 가진 축제의 빈곤인 것이다. 그 빈곤은 궁극적으로 문화적 빈곤이다. 다같이 모여서 즐길 수 있는 문화적인 공통점 혹은 그렇게 묶어줄 수 있는 새로운 접점이 없는 것이다.

새로운 축제, 바뀐 삶의 형식에 걸맞는 축제가 없으므로 수입된 문화적 관습이 축제를 대신하는 데다 관제, 상업적 목적의 일종의 가짜 축제들이 가세해 우리의 놀이문화는 다시 한번 일그러진다.

관제 축제는 오래된 것이기는 하지만 전두환 시절에 한 번인가 열리고 말았던 '국풍' 같은 것이 그 전형적인 예이다. 지금은 공원이 된 여의도 광장에 대형 태극기를 띄우고 노래, 먹을 것, 공연 따위를 묶고 텔레비전으로 열심히 선전하고 중계했던 그 가짜 축제는 그 뒤로 열리지 않았다. 그렇다고 관제 축제가 없어진 것은 아니다. 국가 단위 혹은 지방자치 단체에서 주관하는 축제들은 해마다 열린다. 밀레니엄 축제니 무슨 꽃 축제니 따위가 그것들이다. 그것들은 물론 관제이기 때문에 행사성 쇼에 가깝지 국민, 주민들이 동참하는 축제가 아니며 놀이도 아니다. 참가를 강요한다는 점에서 억압적인 일상의 연장이라고 할 수 있다.

발상도 진행도 형편없는 관제 축제들보다 우리에게 가까운 것은 상업적인 축제들이다. 상업적인 목적의 축제들은 다양한 형태를 하고 있다. 프로 스포츠, 노래방, 음주 가무가 가능한 술집, 디스코텍, 카바레, 놀이 공원 등이 그것이다. 이러한 의사 축제의 장소들은 잠깐 동안 일상적인 것들로부터 벗어날 수 있는 장치들을 가지고 있다. 크게는 놀이 공원의 거대한 놀이 시설들과 운동장에서부터 작게는 노래방 기기들이 그것이다. 이 의사 축제는 참여와 관람 모두 다 가능하다. 프로 스포츠는 관람 자체가 참여라는 착각을 불러일으키고, 놀이 공원이나 노래방은 돈을 내면 누구나 경험할 수 있다는 것이 큰 매력이다. 그러나 이러한 의사 축제는 물론 진정한 의미의 축제라기보다는 축제의 형식의 일부를 따온 가짜 축제이다. 가짜이기 때문에 참여의 순간이 지나고 나면 아무것도 변하지 않은 일상으로 금방 되돌아가기 마련이다.

어쩌면 우리나라 최대의 축제는 데모일지도 모른다. 비일상적이라는 점에서도 그렇고 자신의 몸을 공권력의 위험에 노출시키면서 몰입할 수 있다는 점에서도 그렇다. 그러고 보면 정치적으로 엄혹했던 팔십 년대는 우리 대학들의 축제가 만개했던 시기이기도 하다. 최루탄과 돌은 그 축제의 무기이자 상징이었고 그들이 부르짖던 민주화는 축제의 최종 목표였다. 물론 나는 순진하게 데모가 놀이의 하나라고만 보는 것은 아니다. 축제의 한 극단적인 형식일 수 있다는 의미이다. 그렇다면 혁명이란 가장 강력하고도 극단적인 형태의 축제일 것이다.

우리에게도 물론 자발적인 축제가 있었다. 2002년 월드컵을 둘러싼 놀이와 광분이 그것이다. 이것은 제도화되지도 않았고 누가 부추기지도 않았지만 사람들은 모여 놀고, 즐겼고 부분적인 혁명을 낳기도 했다. 국기에 대한 엄숙주의를 뒤

놀이는 즐겁다

〈한강시민공원 5〉, 2001, 디지털 사진, 인화

놀이는 즐겁다

놀이는 즐겁다

《한강시민공원 12》, 2002, 디지털 사진, 인화

놀이는 즐겁다

집고 자발적인 놀이와 즐거움이 무엇인지 보여주었다. 그러나 그것은 스포츠를 통한 대리 만족, 달리 말하면 잠재되어 있던 놀이에의 본성이 특별한 계기를 통해 드러난 것에 불과하다. 그 이후에 이와 비슷한 무엇은 없었고 월드컵을 축제의 계기로 삼는다는 것은 너무 문화적으로 가난하다는 것을 빤히 보여주는 것이어서 찜찜하다.

한강시민공원은 좋은 곳이다. 가서 사진을 찍을 때마다 생각한다. 한강을 개발하면서 한 일 킬로미터 폭으로 강을 따라 공원을 만들어버렸으면 얼마나 좋았을까라고. 그랬으면 그것 자체가 자연의 축제였을 텐데.

뒤풀이 혹은 이미지는 어떻게 읽히나

미술과 관련된 전시회 오프닝이 끝나면 대개 뒤풀이가 있다. 전시장 근처의 식당에 모여 밥과 술을 먹고 논다. 밥값은 전시회를 연 작가가 여유가 있으면 대개 일차를 내고, 그렇지 않으면 십시일반, 거둬서 내기도 한다. 뭐 그렇게 즐거운 일은 아니지만 괴로운 일도 아니다. 전에는 열심히 참가하던 그 뒤풀이를 이제 잘 안 간다. 지겨워서다. 술자리에 앉아 있는 것도 지겹고, 미술계 일을 말하는 것도 지겹다. 이제 겪을 만큼 겪은 것이다. 뭐랄까 미술, 예술 등등에 대한 희망 같은 것이 사라진 것이다. 그래도 배운 게 도둑질이라 떠나지는 못한다. 아마 결코 떠날 수 없을 것이다.

어쨌든 이 사진도 그 뒤풀이에서 만들어진 사진이다. 이름들을 댈 수도 있다. 김기수, 조습, 정서영, 이형주, 전용석, 박진아 등등의 얼굴이 보인다. 작품을 만든

놀이는 즐겁다

것은 대안공간 풀이 기획한 〈돌아온 유령〉이라는 전시 때문이었다. 전시 기획 의도는 민중미술에 관한 기념, 그중에서도 주재환선생에 대한 일종의 오마쥬 전시였던 것 같다. 아니었나? 아무튼 주재환 선생은 뭐랄까 나이 든 그 또래의 작가들 가운데 개인적으로 좋아하는 분이다. 오래전부터 인간을 존경하는 것보다는 해바라기를 존경하는 것이 낫다고 생각하고 있지만 주 선생은 뭔가 다르다. 뭐 정기적으로 찾아 뵙는다든가 그런 일은 절대 안 하지만 어쩌다 만나고 나면 기분이 좋다.

사진을 만들면서 어떤 구상이 있었을까? 도무지 기억이 나지 않는다. 민중미술이나 뭐 그에 대한 기념보다는 전시회라는 것에 대한 일종의 비아냥이나 아니었을까? 뭐 벌거벗고 뒤풀이 술자리에 앉은 여자를 뮤즈 신으로 보아도 좋고, 아주 통속적으로 성적 욕망의 대상으로 보아도 무방하다. 누드 사진은 인터넷에서 찾은 것이다. 아마 일본 사이트였고 꽤 알려진 누드 모델이었는데 이름은 기록해두지 않았으니 까먹었다. 오히려 신경쓰인 것은 저작권에 관한 문제였다. 웹 사이트에 올라 있는 사진은 모든 권리를 사이트가 가지고 있고 복제하거나 상업적 용도로 사용할 수 없다고 되어 있다. 그렇다면 예술 작품을 만드는 것은 법적으로 하자가 없을까? 아마도 하자가 없을 것 같다. 그렇지 않다면 남의 사진만 갖다 쓴 앤디 워홀이나 만화를 변조한 리히텐시타인은 모조리 저작권료를 물거나 제소당해야 할 것이다.

이렇게 생각하니까 저작권 문제는 가벼워졌다. 다음은 그 누드가 가지는 의미나 반응이었다. 작품을 전시장에 걸었을 때 웬 프랑스 작가가 작품을 사겠다는 전언이 있었다고 했다. 전화번호를 남겼기에 전화를 했더니 작가가 아닌 한국 사람이 전화를 받았다. 그리고 빤한 얘기가 오갔다. 작품 값이 얼마냐 등등. 그리고는 소식이 없었다. 비싸게 부른 것 같지도 않은데 포기한 것이다. 생각해보니 우리나라나 프랑스나 예외적인 경우를 제외하면 작가가 돈이 많을 리 없으니 당연하기도 하다.

그 다음에는 어느 미국인이었는데 묻는 게 모델이 누구냐였다. 작품이 아니라 모델에 관한 관심이었다. 그것도 당연한 일이다. 그림이 아닌 사진이니까 모델이 궁금했을 만하다. 내 답은 빤했다. 인터넷에서 다운 받은 것이다. 그러니 누군지 모른다. 그 뒤 이 작품은 배준성과의 공동 작업을 거쳐 레이저 인화 방식으로 프린트되어 결국 프랑스 뚜르 미술관에 팔려갔다. 프랑스에 갈 운명이었을까. 그렇지는 않다. 그것은 순전히 우연 때문이었다. 작품이 마네의 〈풀밭 위의 식사〉와 닮았다는 것이 그 이유의 하나였다.

우연, 순전히 우연이다. 작업을 하면서는 마네의 작품 따위는 생각해본 적도 없다. 뒤풀이 자리에 빈자리가 있고, 그곳에 뭔가를 채워 넣어 전시회라는 행위 자체를 약간 뒤집어 볼까 하는 생각이 전부였다. 그런데 마네의 그림과 어쩐지 유사해져 버렸다. 우연이다. 물론 의도적으로 일종의 오마쥬 내지는 패러디로 작품을 만든 적은 있다. 제 일회 부산 비엔날레에 출품한 작품 가운데 바위 위에 한 남자가 서 있는 작품은 낭만주의 화가 카스파 다비드 프리드리히의 그림을 염두에 두고 했다. 그러나 〈뒤풀이〉는 우연이었다. 우연은 몇 개의 연작을 만들게 했다. 제목도 아예 〈뒤풀이-마네 이후〉로 고쳤다. 뭐 마네에 대한 오마쥬로서가 아니라

의도하지 않은 작품을 그렇게 본다는 것이 흥미로웠기 때문이다. 물론 속으로는 혹시 또 사지나 않을까 싶어서였지만 아무데서도 소식이 없다.

어떤 작품을 만들었을 때 작가의 의도대로 작품은 읽히지 않는다. 의도대로 읽히지 않는 것은 너무나 당연한 일이지만 의외의 방향에서 그 반응이 올 때 약간씩 놀라게 된다. 그런 반응은 대개 미술에 몸담고 있는 전문가들에게서가 아니라 일반 관객들로부터 온다. 아직도 잊히지 않는 그런 반응 중의 하나는 〈나는 누구인가〉 연작 가운데 내가 개집에서 혀를 길게 내밀고 있는 작품에서 왔다. 99년 금호미술관에서 열었던 개인전을 보러온 초등학교 이, 삼학년쯤으로 보이는 남자 어린이 하나가 그 작품을 유심히 보고 있었다. 다른 작품을 보다가도 다시 그 사진 앞으로 가서 찬찬히 들여다보았다. 이제는 내가 궁금해졌다. 왜 그렇게 유심히 보는지. 그래서 물었다. 뭘 그렇게 보느냐고.

그 아이의 궁금증은 어떻게 아저씨처럼 큰 사람이 조그만 개집 속에 들어갔는지 모르겠다는 것이었고 스스로 금방 답을 냈다. "아, 개집 뒤가 터져 있구나. 그래서 얼굴만 내밀고 있는 거죠?"라고. 할 말이 없었다.

어쨌든 충격적이었다. 그 작품은 내 삶에 대한 자조적 냉소였는데 아이가 관심을 가진 것은 그런 것과는 아무런 상관이 없었다. 그 아이의 관심사는 논리적 설명, 작은 개집 속에 큰 남자 어른이 어떻게 들어가 있는가였다. 그게 무슨 의미가 있는지는 관심 밖이었다.

즉 그 아이에게 내 작품은 논리적으로 설명 가능한 사진이었을 뿐이다. 그리고 그때 사진이란 사실을 그대로 기록한다는 상식에서 벗어나 있지 않다. 나는 그 작품이 누구에게나 쉽게 읽힐 수 있는 것으로 생각하고 있었다. 대중적이면서도 유머가 있는. 하지만 그것은 미술계 내에서 일반적으로 통용될 수 있는 상식, 말하자면 미술적 교양 따위를 바탕으로 한 것에 지나지 않았다. 때문에 내게 그 아이의 반응이 충격적이었던 것이다. 그리고 그것은 우리가 사물, 대상, 사진, 미술 작품 따위를 본다는 것이 뭔가를 다시 생각하도록 해주었다. 수많은 시지각, 미술에 대한 이론적인 접근이 아니라 생생한 체험으로서의 시각이란 도대체 뭔가를 의심하도록 한 것이다.

그렇다고 그 이후의 작업들을 뭐 이게 어떻게 보일 것인가를 특별히 생각하면서 하지는 않는다. 대신에 미술, 이미지를 만드는 일이 결국은 보는 것에 지나지 않는다는 사실만이 갈수록 명확해진다. 그러니까 미술이란 오래된 낱말은 이제 바뀌어야 하고, 폐기되어 마땅하지만 그래도 남은 것은 본다는 사실, 시각적인 그 어떤 것이 아닐까 싶은 것이다. 결국 〈뒤풀이— 마네 이후〉라는 이 작품도 프랑스적 교양, 일종의 자기중심주의에 의해 오독된 결과이다. 그리고 사실 이런 것이 전시회를 열었을 때 얻을 수 있는 그 무엇이다. 아주 사소한 것에 지나지 않을지라도.

섬과 섬과 섬

무인도의 배후

나는 섬에 대한 낭만적인 모든 묘사가 싫다. 「사람들 사이에 섬이 있다. 그 섬에 가고 싶다」라는 시도 싫고, 한때 잘 팔리던 쟝 그르니에의 『섬』이라는 책도 싫고, 홍길동의 '이어도'도 싫고, 초현실주의자들이 특별히 좋아했다는 인도네시아의 셀레베즈섬도 싫고, 섬에 대한 로맨틱한 텔레비전 방송 리포트들도 싫다. 아마도 섬 출신이 갖는 촌스런 콤플렉스이자 반감인데, 심지어는 제주도 사람들이 섬에 관해 말하는 것조차 거부감이 들 때가 있다. 내 기준으로 보자면 제주도는 있을 것 다 있는 큰 섬이므로 섬이 아니다. 뭐 그냥 그렇다는 말이다.

허구적 환상 속의 섬 가운데 무인도들은 로빈슨 크루소에서 최근의 미국 시트콤 〈로스트〉에 이르기까지 모조리 따뜻한 열대 내지는 남쪽에 있다. 추운 곳의 무

〈신 효 인도-〇동부두〉, 2004, 디지털 사진, 인화

인도는 말할 것도 없고 온대 지역의 무인도조차 잘 나오지 않는다.

　이걸 알튀세 식으로 징후독해를 해보면 어떨까? 그 모든 허구들이 답하고 있는 질문들은 무엇이고 뺀 것은 또 무엇일까? 고립, 단절, 미지의 것에 대한 공포, 생존, 문명, 제국주의, 운명, 유토피아 등등의 단어가 한 다발로 묶여서 나온다. 요는 섬이란 야생의, 야만의, 비문명적인, 생존의 문제와 마주 서야 하는, 약간은 미개한 그러므로 현실 속에서 살 곳은 못 되고 환상 속에 존재해야 하는 장소라는 답이 나온다. 그러니까 섬은 아무것도 없는 곳이라면 운 좋게 유토피아를 만들 수도 있지만, 그 유토피아는 홍길동에 나오듯이 문자를 아는 사람도 없는 비문명적 상황을 유지하거나, 로빈슨 크루소처럼 탈출해야 하는 장소가 된다. 때문에 섬은 육

〈섬 강화도─갯벌〉, 2003, 디지털 사진, 인화

놀이는 즐겁다

〈섬 내부도〉, 2002, 디지털 사진 인화

놀이는 즐겁다

지에 비해 여러 가지 면에서 아래에 있으며, 기껏해야 유배지거나 소외된 변방, 아니면 미신적인 기이한 힘이 있는 장소가 되거나, 원자력 폐기물을 묻거나 실미도처럼 기괴한 특수부대의 훈련 장소가 된다. 주류 문화와 삶 속에 섬은 그렇게 소비된다. 우리나라도 예외는 아니다.

강화도, 제부도, 뻘, 해일

강화도를 가는 날은 늘 날이 흐렸다. 황사가 뿌연 봄이거나 구름이 햇빛을 흐릿하게 만드는 초여름이었다. 동막 해수욕장 앞에는 너른 뻘밭이 있었다. 그 뻘밭이 고향을 생각나게 했다. 그게 전부였다. 사람들은 뻘 속으로 나가 무언가를 잡고 있었다. 뭘 잡는지는 모른다. 어렸을 때 하루종일 뻘밭에서 내가 잡던 게와, 숭어 새끼와 고둥들일까. 아마 그럴 것이다. 나는 뻘밭처럼 놀기 좋은 곳을 아직 알지 못한다. 이것도 기억일 뿐이다. 어린 시절 이래 나는 뻘밭에선 놀아본 적이 없다. 수년 동안 시화호, 새만금 등의 뻘밭을 둘러싼 논쟁들이 있었다. 논쟁 이상의 투쟁이 지금도 계속된다고 해야 옳으리라. 거기에 끼어들고 싶은 생각은 별로 없지만 한마디만 하자면 뻘밭을 좀 내버려 둬라이다.

제부도에도 뻘밭이 있었다. 사람들이 발을 벗고 들어가 놀고 있었다. 대천 해수욕장에서도 뻘밭 축제를 보았다. 그러니까 뻘밭은 이제 확실히 관광 상품이 되었다. 놀이와 추억이 상품화되는 것은 자본주의의 어느 단계에 해당되는 것일까. 수공으로 생산하던 물건에서 시작해서 이미지와 놀이와 추억과 경험, 모험이 상품화된다는 것에는 단순히 서비스 혹은 삼차 산업의 비중이 점점 늘어난다는 표현으로는 도저히 감당이 안 되는 그 무엇인가가 있다.

바닷물이 뻘밭 위로 슬슬 모르는 사이에 기어 올라올 때, 칠면초의 붉은 잎이 저녁 밀물 속에 잠겨갈 때 바다는 놀랍고도 무섭다. 어느 사이 물이 부는지 모르게 발목을 적시고 무릎을 지나 배꼽까지 차오른다. 그래서 음력 칠월 백중 사리에 달이 부풀고 물이 부풀어 드디어 방조제를 무너뜨리는 해일이 되기도 한다.

해일이 일어난 날 나는 학교 당직을 하고 있었다. 겨울 방학이라 날이 썰렁했다. 아무도 오지 않는 교무실을 지키다 밖을 내다보니 운동장에 바닷물이 들어와 있었다. 처음에는 잘못 봤나 싶었다. 의아한 기분으로 나와 보니 학교에서 사택으로 가는 길이 이미 바닷물에 잠겨 있었다. 플라스틱 바가지와 나무토막이 둥둥 떠다니고 채취선들이 방파제보다 높이 떠있었다. 방파제는 이미 물에 잠겨 보이지 않

〈섬 소록도-공원〉, 2004, 디지털 사진, 인화

앉다. 줄지어 선 사택 담을 타고 겨우겨우 내 방에 이르니 물이 이미 문턱까지 차 있었다. 다행히 더 이상 물이 불지 않아 밤에 잠을 잘 수는 있었다. 피해도 별것은 없었다. 그러나 땔나무들은 다 젖었고, 쌀도 바닷물에 절어 밥을 끓여 놓으니 짭짤했다. 다음 날은 방구들을 말리느라 어렸을 때처럼 산에 올라가 땔감을 주워다 아궁이에 하루종일 불을 지펴야 했다. 조용한 소규모 해일이었지만 그랬다.

강화도와 제부도 뻘밭에 물이 든다. 까마득한 저 뻘 끝에 사람들이 작은 칠게들처럼 꼬물거린다.

작고도 초라하다.

《섬 소록도-벽돌집》, 2004, 디지털 사진, 인화

소록도, 붉은 벽돌집, 각시서대

　어린 시절부터 소록도라는 섬이 있다는 것을 알고 있었다. 무서운 이야기도 뒤따랐다. 눈썹이 없고 손가락이나 발가락이 잘려나간 문둥이들이 모여 살고, 애들을 잡아 먹는다고도 했다. 뭔지 몰라도 공포의 대상이 되는 데 충분했다. 요즘은 한센인이라는 이름으로 불리며 어떻게 핍박받고 배척받았는지 알려지기 시작한 그들이 모여 사는 섬 소록도. 그 소록도에 가보게 될 거라는 생각을 한 번도 해본 적이 없다. 그런데 가게 되었다. 마치 예정되어 있던 것처럼.

　교사로 첫 발령을 받은 섬이 바로 소록도 근처였다. 게다가 그 섬으로 가기 위해 여객선을 타는 녹동항(행정구역상으로는 고흥군 도양읍) 바로 앞에 소록도가 있었다. 너무 가까워 돌을 던지면 닿을 거리였다. 겉보기에는 여느 섬과 다르지 않았다. 호기심이 생겼다. 언젠가 저기를 가보리니 벼르다 두어 번 들렀다. 한센인들이 살고 있는 곳에는 가보지 못했고 누구나 갈 수 있는 곳만 돌았다. 거의 폐교가 된 붉은 벽돌로 지은 학교, 인공 조경이 된 섬의 풍경, 조그맣지만 예뻐서 얼른 옷을 벗고 물속에 들어가고 싶어지는 해수욕장 등만이 기억에 남았다. 근데 그곳을 떠난 지 스무 해도 더 지나 다시 소록도를 가게 되었다. 이번에는 차를 타고 한센인들이 살고있는 곳도 둘러보았고 박물관도 보았다. 따로 건물을 지어 만든 것이 아닌 일제 때부터 쓰던 시설들을 그대로 보존해서 만든 박물관이었다.

　남쪽, 고흥 남쪽의 식생과 기후는 그 이북과 다르다. 고흥 북쪽 논보리가 아직 푸릇푸릇할 때 고흥읍이 보이는 고개를 넘으면 보리밭 색이 누렇다. 나무들도 다르다. 아열대성 상록수가 많아 거의 이국적이기까지 하다.

소록도도 마찬가지다. 인공조림한 나무들이 이루는 소록도의 풍경은 겉보기에는 관광 휴양지만 같다. 군데군데 있는 붉은 벽돌집들도 그런 정취를 더해준다. 그래서 그곳에서의 한센인들의 삶이 더욱 끔찍하다. 나는 물론 한센인들에 대한 특별한 관심을 가진 것도 아니고 만나서 말조차 해본 적이 없다. 그러니까 내가 아는 한센인들에 관한 모든 정보는 간접적이고 소문에 지나지 않는다. 그것이 긍정적이든 부정적이든.

이 소문으로 알고있는 현장을 처음 본 것이 박물관을 돌면서였다. 겨울 비가 내린 후라 춥지는 않지만 축축하고 쌀쌀했다. 그리고 거기서 한센인들을 거세하기 위한 수술실과 수술대를 보았다. 나무로 만든 수술대는 무표정했고 손발을 묶기 위한 장치가 먼지 앉은 채 아직도 달려 있었다. 그 수술대 위에 올라간 사람들

〈섬 소록도─수술실〉, 2004, 디지털 사진, 인화

과 진열장 속의 수술 도구들이 겹쳤다. 막연하고도 눅눅한 공포가 밀려오고 사타구니가 이상해졌다.(사타구니가 이상해졌다는 것은 거짓말이다. 오히려 머리가 이상해졌다.)

　밖에 나와보니 수술실, 감옥 따위를 에워싸고 있는 공원의 숲들은 아무 말이 없다. 마른 잔디, 상록수, 기념탑과 돌덩어리들이 이루는 풍경이 건물 안의 시설과 장치들과 부딪혔다. 부딪혀서 징징대며 울고 있었다.

　다시 좁은 바다를 건너 녹동항 어물시장에서 복국을 먹고, 반쯤 말린 각시서대와 양태 몇 마리, 메생이를 사들고 왔다. 물론 소록도하고는 아무런 관계도 없는 일이다. 단지 식욕이 시켰을 뿐.

부산, 광안리 다리

어느 날 갑자기 전화가 온다. 제 일회 부산 비엔날레 전시 총감독을 맡은 김애령 씨에게서 온다. 전시 출품 의뢰다. 일면식도 없는데 금호 미술관에서 내 작품 〈도망자〉를 보았다고 한다. 작품 내용 혹은 주문은 부산이라는 도시에 관한 것이다. 전시 전체의 주제가 그렇다는 것이다.

덕분에 부산을 들락날락한다. 사진을 찍으러. 그러나 제작 지원금이 충분한 것은 아니어서 자주 가지는 못한다. 게다가 부산이 손바닥만한 곳도 아니므로 관광객의 시선으로 부산을 본다. 광복동, 해운대, 광안리 등등. 전시가 열리는 부산 시립미술관도 해운대에 있으므로 적당한 것 같기도 하다.

서울이 그렇듯 부산도 기이한 도시이다. 뭔가 끝없이 변하고 바뀐다. 이번에 눈에 띈 것은 광안리 다리다. 나 같은 바닷가 출신은 바다에 애정이 있다. 냄새, 파도, 바람, 모래, 조개, 새, 뻘, 모자반, 수평선 등등. 그런데 다리를 만드느라 광안리 수평선이 날아가 버렸다. 아니 날아가 버리는 중이다. 게다가 어디서든지 보인다. 해운대에서도 보이고 광안리에서도 보이고, 악몽처럼 가는 곳마다 따라다닌다. 그래서 결국 그 다리를 찍기로 한다.

　광안리와 해운대 어디 적당한 곳이 없나 찾는다. 광안리를 이리저리 걷고 해운대를 헤맨다. 먼저 해운대에서 그럴듯한 곳을 찾는다. 해수욕장 모래밭을 지나 동쪽으로 넘어가니 조그만 포구가 있다. 익숙한 풍경이다. 거친 자갈밭, 검은 바위, 몰아치는 파도와 어구들. 모래밭 쪽이 놀이의 장소라면 이곳은 삶의 장소다. 그리고 여기서도 다리는 보인다. 이 생뚱맞은 조합이 이상하게 카스파 다비드 프리드리히를 떠올리게 한다. 그의 그림 가운데 바다를 바라보고 서 있는 사람의 뒷모습을. 해운대에서 찍은 사진 한 장을 그렇게 만든다. 호텔과 콘도들이 늘어선 해운대 모래밭에는 갈치 한 마리를 부려 놓는다.

　이번에는 광안리다. 광안리의 대단한 횟집 건물들이 네온사인을 반짝이며 물속에 떠 있다. 희한하게도 광안리에도 동쪽 방파제를 따라가면 노천 시장 같은 횟집과 어시장과 포구가 있다. 누군가 오징어를 말리고 있다. 포구를 찍는다. 모래밭도 찍고 거기에는 어린 시절의 바다에 관한 기억을 배치한다. 옷을 다 벗은 소년이 광안리 다리로부터 도망치고, 발목만 보인 채 잠수를 한다. 그리고 방파제 콘크리트 덩어리에 누군가 새겨 놓은 사랑의 맹세를 본다. 요즘 식으로 말하면 이름을 나란히 쓰고 그 안에 하트 모양을 그린 이모티콘이다. 그 앞에는 어린아이를 안은 젊은 엄마를 세워 놓는다. 한 장이 더 필요하다. 이번에는 브뉘엘과 달리가 만

〈부산 4〉, 2002, 디지털 사진 인화

놀이는 즐겁다

〈부산 3〉, 2002, 디지털 사진 인화

놀이는 즐겁다

〈부산 5〉, 2002, 디지털 사진, 인화

놀이는 즐겁다

든 〈안달루시아의 개〉에 관한 헌사다. 마네킨 손을 해변에 늘어 놓는다. 그리고 끝이다.

그 뒤 삼 년 만에 뭔가 심사를 하러 부산엘 간다. 새로 지은 높은 시청 건물, 천정이 높은 회의실에서이다. 광안리 다리 공사는 모두 끝났다. 건물과 회의실 모두 공허한 허장성세가 광안리 다리와 똑같다. 그러니까 광안리 다리는 어디에나 있는 것이다.

할머니가 있는 풍경

남해도엘 간다. 처음이다. 다리를 건너서 섬에 들어가는데 도처에 깃발이다. 깃발의 길들을 지나 상주 해수욕장에 도착한다. 날이 금방 어두워진다. 친구들이 차 트렁크에서 텐트를 꺼내 친다. 저녁을 먹고 해수욕장 구경을 간다. 탁구를 치다가, 게임을 하다가, 술을 마시다가 기다란 방파제로 간다.

방파제에는 사람들이 많다. 커다란 돌로 쌓은 방파제는 바다를 향해 쑥 내민 선반 같다. 누워서 하늘을 본다. 한낮의 햇볕을 받은 돌이 따뜻하다. 등이 뜨끈하니 기분이 좋다. 별들이 보인다. 어릴 적 마당 명석에 누워 수없이 쳐다보던 그 별들이다. 은하수, 카시오페아, 거문고, 북극성, 북두칠성 등등을 찾아본다. 갑자기 곰브리치 생각이 난다. 그가 『예술과 환영』에서 했던 말, 별자리는 얼마나 인위적인가, 곰과 비슷하지도 않은 별들을 묶어 곰으로 본다는 것이 어이없다는 내용이

〈해수욕장 2〉, 2000, 디지털 사진, 인화

〈해수욕장 3〉, 2000, 디지털 사진 인화

놀이는 즐겁다

〈해수욕장 7〉, 2000, 디지털 사진, 인화

었다. 요는 사물을 바라보는 데 관념이 어떤 역할을 하느냐는 말. 즉 순수 시각이
란 없을 수도 있다는 말.

그 말이 옳다. 어릴 적 북두칠성은 아무리 봐도 곰처럼 보이지 않았다. 전과에
실린, 교과서에 그려진 그림들은 어떻게 별들이 모여 곰과 사냥꾼과 사자와 전갈
이 되나 보여주었지만, 하늘의 별들은 그렇지 않았다. 역시 북두칠성은 곰이 아니
라 국자를 닮았다. 그래도 교과서에 실린 그림과 비슷한 것은 백조자리뿐이었다.
등이 따뜻하니까 졸린다. 잠깐 잠이 들었는데 친구들이 깨운다. 돌아오는 길에 발
목을 바닷물에 적시며 모래밭을 걷는다. 발목에 물이 스칠 때면 어린 시절로 되돌
아갔다 물이 빠지면 다시 현실로 되돌아오는 것 같다. 현실과 기억 속을 왔다갔다
하는 기분이 된다.

다음 날, 날이 밝았다. 수영복을 갈아입고 디지털 카메라를 들고 나온다. 모래밭 위쪽의 소나무 숲에서 풍악소리가 들린다. 풍악소리, 그럴듯한 말이지만 할머니, 할아버지들이 놀고 계시는 거다. 마이크와 노래 반주기가 아니라 북과 장구를 치면서다. 부르는 노래는 옛 유행가지만 고전적이고 그럴듯하다. 할머니들은 모시 치마 저고리를 입고, 할아버지들은 모자를 썼다. 솔숲에 앉아 사진을 찍으며 구경한다. 한참 논 뒤 할머니 할아버지들이 자리에서 일어서더니, 그 자리에서 주섬주섬 옷을 갈아입기 시작한다. 할아버지들은 수영복과 수건, 할머니들은 허드레 치마에 속적삼 아니면 런닝셔츠 차림이다. 그중 몇 할머니가 아예 속치마에 웃통을 벗고 수건만 걸친 채 나선다. 충격적이다. 아무것도 두려울 것 없다는, 내 몸이 뭐 어때도 아닌 무관심에 가깝다. 그 당당함, 남에게 보여주기 위한 몸이 아니라 그냥 내 몸일 뿐이라는 자세다. 어쨌든 너무 신선하다.

역시 우리나라는 여자들이 쎄다. 아주머니, 할머니들이 쎄다. 사진을 찍을 수밖에 없다. 사진을 찍든 말든 할머니들은 모래밭에서 찜찔과 일광욕에 한창이다. 비키니를 걸친 젊은 여자들처럼 자외선 차단 크림을 바르지도 않고 양산을 펼쳐 놓고 눕지도 않는다. 그냥 모래밭에서 뒹굴면서 논다. 정말 그냥 모래와 햇볕과 그걸 느끼는 몸이 좋은 것이다.

할머니들에 비하면 할아버지들은 줄지어 누워 있으니 사우나 분위기가 난다. 머리에 수건을 두르고 지방으로 부풀어 오른 배를 내밀고 책상다리를 하고 앉아 바다를 보거나 엉거주춤 누워 있다. 한데 이제 그 몸이 남의 몸처럼 보이지 않는다.

해수욕장을 떠나 남해 금산엘 오른다. 이성복이 쓴 시가 제목만 생각난다. 돌 속에 여자가 뭘 묻었든가 어쨌든가 했다. 시가 아닌 현실 속에서 할머니들은 모래와 햇볕과 바닷물에 몸을 묻었다. 땀을 흘리며 오르고 또 오르니 절이 있다. 섬에 있는 산꼭대기에 절이 있는 것이 전국적인 약속일까. 여수 돌산도 영구암도 그렇고 남해 금산의 절도 그렇다. 그리고 거기서 바다의 수평선은 둥그렇게 휘어져 보인다. 저만치 저 멀리 있는데도 그 푸른 물이 내 몸을 당기는 것만 같다. 다리가 후들거린다. 산에 올라서만은 아니다. 바다가 날 끌어당기는 것이다. 확실히 바다에는 어마어마한 어떤 자력이 있다.

생선이 있는 풍경 ＞

풍경의 뒤쪽

생선이 있는 풍경

프롤로그

디카는 인내심이 필요 없는 카메라다. 인간들이 기다리는 것을 점점 싫어하게 된 결과물이다. 아니다. 사실은 상품을 빠른 속도로 생산하고 유통시켜야 하는 제도가 만들어낸 것이다. 그래서 인내심이 사라진 인간들은 가축들이 천천히 자라기를 기다리지 못하고, 식물들이 제때 자라 열매 맺는 것도 기다리지 못한다.

그러나 죽음만은 한사코 피하려고 한다. 그러나 인내심이 없는 것이 꼭 나쁘지는 않다. 디카의 경우 이미지를 즉각 확인하고, 지우고, 다시 찍는 일이 간편해져 좋다. 물론 그것과 이미지의 질은 별개의 문제이다.

7

홍대 근처 당인리 화력발전소로 가던 철도가 걷힌 길은 불법 건물들의 집합처였
다. 그리고 그 건물 대부분은 자그마한 식당과 술집들이었다. 먹자골목을 이루기
도 했고 맛있는 고갈비집이 생겼다 사라지기도 했다. 지금은 '걷고 싶은 길' 조성
으로 가로 공원으로 바뀌었지만 아직 군데군데 공터가 있을 무렵 사진을 찍었다.
일부는 공터고 일부는 공원 비슷하기도 한 곳에 농구대가 있었다. 흰 페인트를 칠
한 백보드가 오후 햇빛을 받아 환했다. 집들은 그늘 속에 들어가 있고 공터와 농구
대가 빛나는 풍경이 셔터를 누르게 했다. 저 멀리 구름이 늙은 개처럼 게으르게 누
워 있었다.

〈생선이 있는 풍경, 농구대〉, 디지털 사진 인화

#2

화가 김지원의 시골 작업실 근처. 밤새 놀다가 밖에 나온다. 여름이라 사방에 잡초가 무성하고 밤에 내리던 비도 그쳤다. 근처를 어슬렁거린다. 집 뒤에는 기초공사만 끝낸 건물터에 쌓아둔 흙이 무너져 흘러내렸다. 수수밭 수수들이 바람을 받아 수선스럽게 잎사귀를 흔들어 댄다. 사람이 빽빽이 들어찬 무도장에서 겨우 팔을 흔들며 춤추는 것처럼. 작은 다락논에도 토사가 흘러내렸다. 약간 가슴이 아프다. 태풍에 벼가 쓰러진 논이나 말라죽어가는 농작물들을 보면 반사적으로 느끼는 감정이다. 일종의 시골 출신 유전자다. 심지어 우리나라가 아닌 딴 나라에서도 그랬다.

어느 해 여름이 몹시 덥던 유럽에서도 가뭄에 말라가는 나무들과 콩 때문에 약간 속이 쓰렸다. 그럴 필요도 없는데. 사실은 프랑스나 이태리의 농촌을 보면서 우리나라 농촌 풍경과 비교하며 더 속이 쓰렸는데도, 그 농촌들이 가지는 거의 완벽에 가까운 인위적 풍경이 어떻게 전원 풍경화와 연결되었는지 생각했으면서도 그랬다.

쓰러진 벼를 덮친 토사 위에 다시 모래를 뚫고 일어서는 쇠비름이 있다. 쇠비름처럼 질기고 잘 죽지 않는 풀도 드물다. 뿌리째 뽑아 밭둑에 던져 놓으면 말라죽어가다가도 비만 오면 다시 살아난다. 어떨 때는 식물이 아니라 동물처럼 보일 때도 있다. 건너편 산 너머에는 아직 비를 머금은 검은 구름이 층을 이루어 바삐 흘러간다. 셔터를 누른다.

제작이 없는, 물참 종 대기압 사진 일부

3

아는 후배 치과의사 휴게실. 말이 원장실이지 세상을 올바르게 살려고 노력하는
친구의 별로 원장실답지 않은, 전혀 럭셔리하지 않은 방에서 진료 차례를 기다리
는 중. 평생 멀쩡할 것 같았던 이빨이 말썽을 부려 신세를 지는 중이다. 이 후배에
게 나쁜 아니라 어머니의 이빨도 큰 신세를 졌다. 어쨌든 기다리다 치과 전문서적
을 본다. 재미없다. 고등학교 시절 공업 교과서를 보는 기분이 든다. 창밖을 본다.
가늘게 비가 내린다. 길과 지붕이 미끈거리는 게 보인다. 이상하게 가는 비가 올

〈생각이 있는 풍경, 해운대〉, 디지털 사진 인화

〈생선이 있는 풍경, 비온 후〉, 디지털 사진, 인화

때 세상이 더 미끈거리는 듯하다. 주택 사이의 좁은 길로 누군가 우산을 들고 지나가고, 콩나물 공장 같은 분위기의 건물 밖에는 플라스틱 용기들이 흩어져 있다. 이층에서 내려다보는 풍경이라 새롭다. 번들거리는 길이 살아서 주택 사이를 조용히 뚫고 가는 것 같다. 커다란 장어처럼. 카메라를 꺼내 셔터를 누르고 또 누른다.

#4

다시 홍대 앞 골목길. 액자 가게와 학원이 모여 있는 산울림 소극장 근처다. 너무 변해 알아보기 힘든 정문 앞과 달리 이곳은 예전과 비슷한 분위기가 아직 남아있다. 이른바 주택가 분위기. 햇빛은 흐릿하고, 골목은 평범하다. 아무 일도 일어날 것 같지 않다. 떠들썩한 피카소 거리 주변과는 완전히 다르다. 홍대 정문 앞은 아직도 가끔 적응이 안 된다.

그 앞에 가면 외상밥을 대놓고 먹던 한마을 식당 마음씨 좋은 아줌마는 어디서 무엇을 하고 있을까, 계단집과 용인집 아저씨들은 아직 살아있을까 등등 학교 시절이 생각난다. 여기는 이제 세상에 없는 김종규가 한밤중에 옷을 모조리 벗고 뛰던 골목, 누구 누구의 작업실이 있던 건물, 삼천 원짜리 가정식 백반을 팔던 차고, 저 집에 누가 사나 싶었던 큰 은행나무가 있는 집 등등이 모조리 유흥 시설로 변했다. 말릴 수도 없고 굳이 말리고 싶지도 않은 이곳에 아직 골목이 있다. 천천히 공기가 지나가는 소리가 들리는 것 같은 착각에 빠질 만큼 조용하다. 당연히 셔터를 누른다. 어디에 어떻게 쓸지는 모른다.

5

생선, 물고기는 이상한 생물이다. 출신이 섬인지라 생선들에 관해 관심이 적지는 않지만 잘 아는 것은 아니다. 뻘에 구멍을 파고 사는 뻘둑 망둥어, 떼로 돌아다니는 숭어, 배가 노란 부서, 아랫입술이 튀어나와 늘 삐져 있는 것 같은 농어, 농어새끼 껄데기, 숭어새끼 몬치, 표준어가 줄돔인 땍빼기, 죽으면 눈이 멍청한 상어의 노른자만 있는 알 등등이 나와 친한 생선이다. 물론 가오리, 장어, 밴댕이, 가시에 독이 있어 쏘이면 어른들도 엉엉 우는 쐬미, 삶으면 거의 물이 되는 바다 메기, 납작한 서대, 병어, 갑오징어 등도 모른 체해서는 안 된다.

내가 친한 생선들은 대개 서해가 그 출신지다. 남해 쪽으로만 가도 약간 낯설다. 예를 들면 남해에는 흔한 볼락, 쏨팽이 등은 고향 근처 바다에는 별로 없다. 물고기만 아니다. 남해에서 처음 군소를 보았을 때도 그랬다. 초등학교 교사 시절 어느 일요일, 같이 일하던 선생님들과 채취선을 타고 놀러 나갔다. 낚시도 하고 술도 마시고 하는 그런 봄날의 해유회(바다에서 노니까 그렇게 말하자). 점심 때 무인도에 배를 댔다. 커다란 바위 그늘 아래서 점심을 먹고 한잠 잤다. 자고 나니 아무도 없었다. 물때 맞춰 낚시 간 것이다. 낚시에 별 즐거움을 느끼지 못하는 나를 그냥 두고 간 것이다. 뭐 다시 올 테니까 놀랄 일은 아니다. 심심해서 해변을 천천히 살펴보다 기묘한 생물을 발견한다. 생긴 건 달팽이를 닮았는데 그보다 훨씬 큰 처음 보는 생물이다. 음 기묘하군. 뭔가 싶어 막대기로 찔러 보자 보라색 체액을 내뿜는다. 방어하자는 건가 아니면 뭔가.

〈생선이 있는 풍경, 갈치〉, 디지털 사진, 인화

　　다시 배가 와 그곳 출신인 선생님에게 묻자 해우라고 한다. 먹는 거라며 망태기
에 잡아넣는다. 해우라. 바다소라는 뜻인가. 궁금증이 생겨 책을 뒤진다. 학교에
있는 이 책 저 책 뒤지다 드디어 발견한다. 아동용 바다 생물에 관한 책이다. 그림
과 인쇄는 형편없지만 전달은 된다. 조간대의 생물, 그보다 깊은 곳의 생물 등등
친절하게 나와 있다. 그리고 거기에 해우도 있다. 해우는 짐작했던 대로 바다소라
는 뜻이고 군소라고도 불린다.

6

〈생선이 있는 풍경〉, 〈갈치가 있는 풍경〉은 〈귤이 있는 풍경〉의 연장선에 있었다. 그건 낯설음 내지는 죽음 또는 어이없음에 관한 이미지 만들기였다. 죽은 생선이 길에 떨어져 있는 것은 있을 수 있는 일이다. 그걸 어떻게 해석하느냐도 있을 수 있는 일이다.

그래서 생선을 사온다. 삼치, 병어, 갈치, 전어, 도루묵, 꽁치 등등. 당연히 비싼 생선은 없다. 적당히 흐린 날을 기다려 옥상에서 생선 사진을 찍는다. 어떤 장면들에 생선이 들어갈지 알 수 없으므로 여러 각도에서 찍어둔다. 그리고 저장.

이처럼 시각적 자료를 확보해두면 뭔가 한 것 같기도 하다. 그러나 그것은 시작도 아니다. 막연하게 낯설고, 허무적이고, 어이없는 세상에 관한 이미지를 만든다는 생각만 있지 그게 어떻게 구체적이 될지는 알 수가 없기 때문이다. 사진들을 꺼내 모니터에 펼쳐놓는다. 쳐다보다 적당하다 싶은 장면에 생선들을 출연시켜 본다. 병어는 맛있는 생선이지만 생김새 때문에 어울리는 곳이 거의 없다. 일단 제외. 꽁치는 너무 날씬해서 역시 마땅한 곳이 드물다. 삼치가 적당하다. 알맞은 살집, 크기, 생선다운 생김새 등등. 이 곳 저 곳에 놓아보다 홍대 앞에서 찍은 사진과 치과에서 찍은 사진에 밀어넣는다. 딱 들어맞는다. 이럴 때는 이미지들이 빈자리를 가지고 뭔가 들어와 주기를 기다렸다는 생각이 들기도 한다. 김지원 작업실 근처에서 찍은 사진에는 도루묵을 넣는다. 그것도 제법 맞아들어 간다.

ㄱ

생선이 먹을 것이 아니라 커다란 시체처럼 보이기를 바라면서 저장한다. 끝.

에필로그

사실은 그 뒤에 여러 번 고친다.

드라마 세트 I 백일몽

한 여섯 해 전, 한 방송국에서 일하는 친구 덕분에 우연히 드라마를 찍기 위해 지어놓은 세트장에 가보게 되었다. 방영이 된 지 일 년쯤 된 드라마의 배경이 일제 시대부터 70년대까지였기 때문에 모든 세트가 그때를 재현하고 있었다. 입구에 는 일반인의 출입을 금한다는 경고문이 붉은 글씨로 새겨져 있는 입간판도 서 있 었다.

하지만 그 경고문을 무시하고 입구에 들어서자 이층 베란다가 있는 중국 요리 집이 눈에 들어왔다. 그리고 길 끝에는 일장기가 펄럭이는 서울 시청을 닮은 건물 이 있었다. 물론 그 모든 건물이 가짜 세트라는 것을 너무나 잘 알고 있었지만 이 상한 기분이 들었다. 비둘기 한 마리가 햇빛이 내리쬐는 길에서 먹을 것을 찾고 있을 뿐 사람은 하나도 없고, 초여름 맑은 날씨 속에 거리는 죽은 듯이 조용했다. 정말이지 죽은 듯했다는 말 외에 다른 말이 떠오르지 않았다. 바람이 불어와 메밀국수, 설렁탕이 쓰여진 요리집 깃발과 둥글고 길쭉한 일본식 등을 흔들었다. 시간이 멈추거나 뒤섞어버린 것 같은 느낌이 들었다.

특히 그럴 수밖에 없었던 이유 중의 하나는 그 거리가 한켠은 일제시대, 또 한켠은 칠십 년대를 보여주고 있었기 때문이었다. 게다가 거기서 멀지 않은 곳에는 사극 세트 마을까지 있었으니 더 그럴 수밖에. 그러니까 조선 중기부터 이십 세기까지의 시간이 한 곳에 세트로 모여 있었던 셈이다. 송재호, 염복순 주연의 〈영자의 전성시대〉라는 조선작의 소설을 영화화한 극장 간판, 벽에 나붙은 맥주 선전물들, 국립극장, 철도호텔, 술집, 일식집들, 약국, 시계포, 금융조합, 여관, 자전거

〈드라마 세트 3〉, 2001, 디지털 사진, 인화

포… 그리고 손수레가 미이라처럼 멍청하게 널부러져 있었다. 가로등이 높다랗게 매달린 전신주 옆에는 반쯤 죽은 플라타너스 가로수가 거의 억지로 잎을 피우고 있는 풍경. 물론 영화와 드라마에 종사하는 사람들에게는 이것은 흔해빠진 광경일 것이다. 하지만 용도 폐기된 세트장을 처음 본 나 같은 인간에게는 이상한 상상을 불러일으키기에 충분했다.

우선 생각난 것은 여기서 시대착오적인 서부 영화를 하나 찍으면 죽이겠다는 것이었다. 셀지오 레오네의 〈황야의 무법자〉, 셈 페킨퍼의 〈와일드 번치〉, 서영춘 주연의 〈당나귀 무법자〉를 짬뽕해서 한 편 꽝. 이런 시시한 생각을 하면서 거리의 곳곳을 둘러 보았다. 분명히 건물은 가짜지만 햇빛, 그림자, 바람은 모두 진짜여서 뭐가 진짜고 뭐가 가짠지 알 수 없는 거리. 어디선가 게다를 신고 기모노를 입은 일본 여자가 꽃무늬 양산을 받쳐들고 종종거리며 걸어나오고, 술값 때문에 다투는 소리, 순사의 호루라기 소리가 들릴 것 같은데 한 사람도 없는 이상한 풍경.

그렇게 거리를 끝까지 보고 나자 여기서 찍을 것은 서부 영화가 아니라 가짜 다큐멘터리라는 생각이 들었다. 조선 시대부터 칠십 년대에 이르는 우리나라 역사 다큐멘터리.

우리의 역사, 특히 근현대사는 사실 생각해보면 한 편의 세트 같은 것이니까. 멀쩡해 보이는 아파트와 빌딩과 고궁의 뒤를 돌아가보면 사실 세트가 아니라는 것이 자꾸 이상해지는 나라 아닌가? 그 다큐에서 실내 장면을 찍는다 해도 따로 실내 세트를 만들 필요가 없을 것이다. 먼지 낀 요리집 문을 열고 들어가 어수선한 세트의 버팀목 사이에 의자를 놓고 앉아서 찍으면 딱일 것이다. 겉보기에는 그럴 듯하지만 뒤로 돌아가보면 각목과 철제 구조물들이 겨우 받쳐주고 있는 것이 우리 삶과 꼭 닮지 않았을까. 그러니까 거기서 가짜 다큐를 찍는 것은 필연적이고도 운명적인 일이 아닐까.

다큐를 찍기 위해서 전체적인 스토리와 구성을 할 필요도 별로 없어 보였다. 역사의 아무데서나 적당히 따오는 것이 세트와 어울릴 것 같다. 예를 들면 조선 말기 권력을 잡고 있던 노론 일파가 어떻게 재빨리 친일파로 변해서 일본에 영합하는 가, 또 그 친일파들이 변신한 이름만 우익인 정상배들, 박정희와 그 일당들 따위가 잘 살아가고 있는 걸 찍으면 되는 것이니까.

카메라의 움직임, 조명, 사운드도 제멋대로 하는 것이 어울릴 것이다. 그러니까 일정한 서사적 구조를 가지지도 않고, 영상과 음향이 제멋대로인 다큐가 되는 것이다. 보는 사람은 괴로울 테지만 그게 우리 역사니까 견딜 수 있을 것이다. 현실 역사도 견뎠는데 그런 가짜 역사 다큐 정도야 못 견디겠나. 근데 문제가 있기는 있다. 역사에서는 등장인물 누구도 저 싫다고 멋대로 퇴장하지 못한다. 그리고 강제 퇴장이란 곧 죽음이니 죽지 않으려면 견디겠지만, 다큐는 저 안 보면 그만이니 그게 좀 골치 아프기는 하다.

어쨌든 먼저 조선시대 사극 세트에서는 이런 일이 일어날 것이다. 마을 한가운 데 턱 자리 잡고 있는 구십 칸이 넘어 보이는 기와집 사랑방, 권력을 쥐고 있던 노론 일부가 모여 어떻게 친일파로 살아남을까 애국적인 언설을 늘어놓으며 모의하고 있다. 친러, 친청파라도 물론 관계없다. 그게 그거니까. 골목길 어딘가에서는

〈드라마세트 2〉, 2001, 디지털 사진, 인화

《드리미세트 1》, 2001, 디지털 사진, 인화

이완용이 이재명의 칼을 맞고도 살아나는 일도 일어나고.

그러다가 일제시대가 오면 채만식의 『태평천하』에 나오는 윤직원 영감을 등장시키고 싶어진다. "이 얼마나 좋은 세상이냐, 지금 어디에 화적떼가 있느냐, 고을 원이 있느냐, 돈만 있으면 안 되는 것이 없는 세상, 나만 빼고 다 망해라."라는 선구적인 현실 철학을 가진 윤직원 영감이 흰 세모시 한복을 차려입고 인력거를 불러 극장으로 소리를 들으러 가는 것이다. 물론 거기에는 윤 영감의 하인인 전대복이가 두부 한 모를 살 돈을 아끼려다 결국 반 모만 사는 광경도 들어가야 할 것이다.

당대의 지식인들도 끼워 넣을까. 제비 다방에 앉아 콜록거리는 이상이나 낙엽을 태우며 커피를 끓여 음미하는 이효석도 등장시킬까. 그래야 될 것 같다. 박태원의 소설에 나오는 구보씨를 주인공으로 삼아도 나쁘지 않을 것 같다. 구보씨가 자주 들르는 술집, 음식점, 빠 등이 꼭 나와야 하리라. 물론 아끼꼬나 하나꼬 같은 일본 이름을 가진 조선 빠걸도 등장시키는 것은 두말할 필요도 없다.

칠십 년대는 어떡할까. 하길종 감독의 〈바보들의 행진〉을 재현해볼까. 박정희를 위한 밤 행사를 준비하러 부산히 움직이는 중앙정보부 직원들을 스케치한 다음에 카메라를 돌려 병태와 영자가 앉아 있는 맥주집으로 간다. 장발 단속을 무사히 피한 것을 자랑하며 뒷주머니에 『어린 왕자』를 꽂고 있는 병태와 청바지에 생머리를 한 영자가 벌이는 수작도 한 컷 넣는다. 뒷골목 얘기가 너무 없다. 우리나라 사람들, 특히 남자들은 뭔가 마초적인 내용이 들어 있는 영화를 잘 보는 것 같으니까 한 씬 넣자. 그건 명동 신상사파가 서방판지 오비판지의 사시미 칼에 작살

나는 장면이면 되겠다. 그때부터 우리나라 폭력 조직의 세대가 완전히 바뀌었다니까. 지금은 어디서 뭐하는지 모르는 염복순이 의자를 돌려놓고 앉아있는 〈영자의 전성시대〉 간판이 걸린 극장 앞에서 말이다.

그리고 영화의 마지막도 거기에 준비되어 있었다. 세트장에서 그리 멀지 않은 곳에 장갑차, 탱크 등의 소품도 있었으니까 그걸 쓰면 될 것 같았다. 비록 포탑은 떨어져나가고 포신을 받치던 철근만 앙상하게 남아있긴 하지만 탱크와 장갑차로 세트를 와장창 밀어버리면, 그것이 오일팔부터 성수대교와 삼풍백화점을 동시에 패러디하는 끝내주는 엔딩이 될 것 같다. 마지막 엔딩 크레딧이 오를 때는 전두환의 육성을 들려줄까 어쩔까. 비록 29만 원 밖에 없지만 아직도 멀쩡히 잘 먹고 잘 살고 있다는 것을 강조하기 위해서 말이다.

이따위 헛생각을 하면서 세트를 한참 둘러보고 나오자 내가 불쌍해졌다. 발이 닳도록 카메라 들고 돌아다니고 머리 싸매고 컴퓨터 앞에 앉아서 작품이라고 해봐야 이 세트만한 작품은 죽었다 깨나도 할 수 없다는 생각이 들었기 때문이다. 그리고 이런 세트는 꼭 보존해서 문화유산으로 남겨야겠다는 생각도 같이 들었다. 사람이 북적거리면 실감이 안 나니까 비원처럼 몇 명씩만 들여보내 한 시간 동안 돌아보게 하면 어떨까. 거 괜찮을 것 같은데 문광부에 건의하면 반응이 있을까, 없을까.

세트장 밖으로 빠져나와 이제 현실로 돌아왔는데도 모든 것이 세트로 보이기 시작했다. 새파란 잔디로 뒤덮인 운동장도 느티나무도 하늘의 구름도 모조리. 아아 정말이지 보람찬 하루였다. 우리나라가, 우리의 삶이 왕창 세트라는 것을 이토록 탁월하게 보여주다니. 단 하나 비견할 것이 있다면 그것은 광주 오일팔 자유공원 내의 상무대 헌병 감방과 내무반 정도일 것 같다. 하지만 그것은 너무 완벽한 재현이라 세트처럼 안 보인다는 것이 흠이지만.

추신 : 참 그 세트에는 평양 거리도 있었다. 어디에 썼는지는 모르지만 그것도 일제 배경이어서 르네상스식 기둥을 가진 평양 철도호텔이 위용을 자랑하고 있었다. 거기에서는 북쪽에서 벌어진 여러 가지 일들이 들어가면 될 것 같다.

드라마 세트 II 파편/멜랑콜리

거의 진짜에 가까운 것에 대한 광적인 갈망은 언제나 기억의 진공 상태에 대한 신경질적

반응으로나 나타날 뿐이다. 절대 모조품은 실체가 없는 현실에 대한 불행한 자의식의 산물

이다.

– 움베르토 에코, 마법의 성 –

　그럴듯해 보여서 인용은 했는데 무슨 말인지 잘 알 것 같기도 하고 아니기도 하
다. 그리고 다음의 글들은 2002년 대안공간 풀에서 열었던 개인전 서문에 내가
써서 실은 글을 손본 것이다. 뭔가 잘난 체, 유식한 척하는 글의 분위기를 좀 쉽게
고치려 했지만 잘 되지는 않았다.

풍경의 뒤쪽

드라마 세트를 찍은 작품들로 개인전을 열려 하자 작품이 더 필요했다. 때마침 일제시대를 배경으로 한 조폭 드라마가 인기 상한가를 치고 있었고, 그 세트를 세운 장소가 내가 잘 아는 곳이었다. 가볼 수밖에. 대중적으로 널리 알려진 덕분에 사람들이 많아서 사진 찍는 데 애를 먹었다. 사람이 한 명도 없는 사진이 목표였는데 그러기가 쉽지 않았다. 종로 네거리를 중심으로 충무로까지 만들어진 세트는 그 세트다움으로 충분히 인상적이었다.

생각해 보면 드라마와 영화를 위한 세트들은 그 자체로 존재가치가 있는 것이 아니다. 카메라를 통해 영상화되지 않으면 의미가 없다. 그리고 그러기 위해 존재한다. 즉 이차원적 영상이 되기 위해 존재하는 재현된, 혹은 가짜 삼차원인 것이다.

때문에 용도가 사라진 세트는 관광자원으로 활용되지 않는 한 버려진다. 그 버려진 세트의 폐허는 현실보다 더 폐허 같다. 아니 사실 세트는 버려진 다음에 현실이 되기 시작한다. 대충 만들어진 건물의 일부가 허물어지고, 가로수 잎이 푸르러갈 때, 창문틀에 먼지가 쌓이면서 영상화되기 위해서가 아니라 그 자체로 존재하기 시작한다. 즉 기호가 사물이 되기 시작하는 것이다. 그러나 세트가 가진 일회용 성격 때문에 공허함과 가짜성은 더 증폭된다.

크라카우어라는 사람은 자신의 영화 이론의 전개를 위해 사진에 관해 몇 마디 했다. 그는 우선 사진의 특성을 연출되지 않는 현실unstaged reality, 우연성the fortutious, 무한성endlessness, 비결정성indetermines이라고 주장했다.

〈드라마세트 9〉, 2002, 디지털 사진 인화

그의 말에 따르자면 비연출성이란 사진에 필연적으로 담기게 되는 찍는 사람의 의도와 상관없는 현실의 파편 때문에 발생한다. 쉽게 말하자면 사진가가 그 대상을 아무리 정교하게 연출해서 찍어도 통제할 수 없는 어떤 부분이 반드시 있다는 말이다. 그리고 그것은 당연히 연출되지 않은 현실의 일부가 된다. 예를 들면 초상 사진이나 인물 사진을 찍을 때 사진가는 대상의 차림새, 화장, 조명, 자세, 표정 등등 모든 것을 통제한다. 하지만 그런 경우에도 머리카락 한 올 한 올의 상태, 옷의 주름, 대상이 되는 인물의 심리 상태 때문에 발생하는 표정 등의 미세한 부분은 통제 밖에 있다. 다소 극단적인 경우지만 이것이 연출되지 않는 현실인 것이다.

그러므로 모든 사진에는 어떤 우연이 찍히게 마련이고 그것이 우연성이다. 크라카우어는 그 우연성이 사진의 기술적 원근법적 질서에 금을 가게 한다고 했다. 아시다시피 사진은

〈드라마세트 8〉, 2002, 디지털 사진, 인화

기술적 원근법을 바탕으로 만들어진 기계장치이다. 하지만 그림을 그릴 때 원근법적 질서 속의 모든 것이 화가에 의해 엄격하게 관리 통제되는 것과 달리, 사진 속의 원근법은 우연에 의해 흔들린다. 물론 기본적인 원근법적 원리가 사라진다는 것이 아니라 문자 그대로 완벽함에 금이 간다는 뜻이다.

연출되지 않은 현실과 우연성은 사진을 세계에 대한 파편으로 만든다. 세계는 무한한 파편으로 나누어지며, 사진 또한 무한하다. 바로 이러한 까닭으로 해서 사진은 결국 불명료한 다양한 의미를 가지게 된다. 그리고 그 불명료한 다양한 의미와 해석의 가능성이 크라카우어가 말하는 사진이 비결정성을 가질 수밖에 없는 이유가 되는 것이다.

좀 길게 말했지만 크라카우어의 주장에 따르자면 사진이라는 매체는 이상의 특성 때문에 현실을 총체적으로 담는 것이 불가능하다. 달리 말하면 사진은 늘 세계를 파편화시켜 그것을 기록할 뿐이지 결코 세계 전체에 관해 말하지 못한다는 것이다. 그 말은 옳다. 사진 발명 이래의 모든 사진과 앞으로 찍힐 모든 사진을 모은다 해도 세계 전체를 결코 보여주지는 못할 것이다.

하지만 바로 그 때문에 더 이상 통일성, 총체성이 불가능한 자본주의 사회에서 사진은 현실의 파편성을 통해, 그러한 파편이 새롭게 짜여질 수 있는 전망을 통해, 진정한 변혁의 수단이 될 수 있는 가능성을 갖고 있다고 크라카우어는 주장한다. 어차피 현실은 늘 파편, 폐허의 모습으로만 주어지며 그것을 가장 정확하게 담는 매체가 사진이라는 것이다. 다시 말해 파편 밖에 볼 수 없는 세계에서 그 파편을 그대로 보여주기 때문에 사진은 의미가 있다는 것이다.

크라카우어의 주장은 어느 면에서 옳다. 커뮤니케이션 이론을 빌어 보면 잡음 noise으로 가득 찬 정보인 사진은 세계의 파편만을 담을 뿐이며 그 파편들을 아무리 의도적으로 배열하고 정리해도 결국은 우연성에서 벗어날 수 없다.

크라카우어 자신이 말하듯이 아무리 뒤로 물러서도, 어떤 위치에서도 사진은 세계 전체를 담을 수 없는 것이다. 때문에 바르트나 크라카우어가 예술 사진 이외의 사진들이 사진의 특성을 가장 잘 보여준다고 주장하는 것은 설득력이 있다. 물론 사진이 크라카우어의 말처럼 변혁의 수단이 될 수 있는 가능성이 있는지 아닌지는 잘 모르겠지만.

크라카우어가 이런 말들을 한 것은 벌써 수십 년 전이다. 그렇다면 그 이후 발명된 디지털 사진은 전통적인 사진과 어떤 차이가 있는 것일까? 그것은 더 자본주의적이고, 더 기계적이며, 동시에 더 파편적이라는 점에서 더욱 사진적인가? 아니면 컴퓨터로 조작되고 레이저 프린터로 출력된다는 점 때문에 기술적 측면과 의미구성체적 측면에서 더 비사진적인가?

프레드릭 제임슨에 따르자면 예술작품에는 의미 해석에 대해 이질적인 것으로 존속하는 기술적 요소가 있고, 다른 한편으로는 기술적 요소를 지속적으로 의미 안으로 통합시키려는 미학적 해석의 요소가 있다. 기술적 요소와 미학적 요소는 그 자체가 일정한 역사적 시기에 규정되었기 때문에 늘 그것을 같이 드러내고 있다. 사진의 경우에는 기계적 이미지 복제라는 기술적 요소와 일관된 의미구성체라는 해석적 요소가 공존한다.

디지털은 기술적 측면에서 완벽한 복제를 실현시켰다는 점과 그 복제가 사진의 파편성과 우연성을 교활하게 가장할 수 있는 가능성을 열어주었다. 게다가 작가의 주관성과 대상에 대한 의미 부여를 더욱 더 강화할 수 있는 수단을 마련해 주었다. 이것은 사진의 아우라, 인증력, 우연성 등을 붕괴시키면서 동시에 강화했음을 의미한다. 이 패러독스는 의미구성체로서의 사진에도 적용된다. 간단한 조작을 통해 사진은 그 의미가 강화되기도 하고 약화되기도 한다. 하지만 한 가지 확실한 것은 디지털 사진도 여전히 파편이라는 것이다.

그렇다면 이런 파편을 기록할 수 있을 뿐인 사진으로 무엇을 할 수 있을까. 나는 원래 사진의 이런 측면과 특성들에 별 관심이 없었다. 사진은 그저 이미지일 뿐이어서 내가 본 세계를 가장 그럴듯하게 복제하고 보여주는 방법이었다. 그러나 어쨌든 의문은 그냥 찾아왔다. 사진으로 무엇을 할 수 있단 말인가? 더구나 전시장에 전시되는 사진들은 저널리즘 사진, 개인적 기록과 기억으로서의 사진과 무엇이 다르단 말인가? 뒤져보니 언젠가 쓴 메모가 나온다.

세계에 대한 개인적인 시선이 무의미해진 지금 미술가들이 할 수 있는 일이란 더욱 더 개인적이 되거나(그것이 가능하다면) 개인적인 시각을 가장 영향력 있는 매체인 영상적 시각과 최대한 충돌시키는(이 역시 가능하다면) 길밖에 없는 것처럼 보인다.

개인적 시선의 의도적인 선택은 미술사와 싸우는 길이다. 그 싸움은 독창성, 차이의 획득을 위한 싸움이 아니라 역사적으로 고정된 의미들을 깨부수고 재건축해야 하는 싸움이다. 돈키호테적인 이 싸움의 배경에는 아직도 미술의 신화와 압력이 스모그보다 짙게 끼어있기 때문에 그 싸움은 변질되거나 목표가 흐려져 버린다. 하지만 그 신화와 압력은 미술을 둘러싼 광휘이기도 한데 그 광휘는 물론 함정이다. 빛나는 함정은 도처에 널려 있어서 빠지면 나올 수가 없다. 나와도 눈이 멀어버린다.

영상 매체의 힘은 개인적 시선을 중성화시키고 탈개인화시키며 사회에 공개되었을 때 개인적 의미를 거의 제거해버린다. 개인은 사라지고—카메라와 일치되는 것이 아니라 카메라에 먹힌다—오양의 비디오처럼 형식적으로는 블랙 마켓이지만 사실상 공식적인 시장에 공개될 때 철저하게 사회와 제도에 의해 씹힌다. 미술은 이 두 시선 사이의 틈새를 아슬아슬하게 벌려놓자는 시도인데 그런 쐐기가 정말 가능할까.

지금 와서 다시 읽어 보니 좀 웃기긴 한다. 하지만 뭐 누구나 제법 비장해지는 순간들이 있기 마련이니까 그냥 넘어가기로 하자. 생각해보면 개인적 시각이란 제한된 영역에서 겨우 허용되는 것이고, 더구나 그 시선은 미술사와 싸우는 것이 아니라 시스템 내부에서 지르는 비명에 가깝다. 이제 미술, 혹은 사진 따위를 통한 개인적 시선이란 한편으로는 전통적인 것처럼 보이는 미술 시스템의 눈치와 보다 결정적으로는 대중 매체와 그것을 지배하는 거대한 시스템의 눈치를 보면서 겨우 생존하고 있다. 게다가 더 중요한 것은 전통적 의미의 미술 시스템이 아니라 거대 시스템이다. 즉 싸구려 엔터테이너로서의 역할을 얼마나 잘 하느냐에 따라, 아니면 대중 매체의 조명을 잘 받느냐에 따라 운명이 결정된다. 더 나쁜 것은 개인이 완전히 사라져버렸다는 것이다. 때문에 고독한 예술가 따위의 수사는 상품화 외에는 쓸모가 없는 판타지에 지나지 않는다.

그렇다면 개인적 시선이 불가능하고 무의미한 시대에 미술, 혹은 사진을 붙들

〈드리마세트 14〉, 2002, 디지털 사진, 인화

〈드라마세트 15〉, 2002, 디지털 사진, 인화

풍경의 뒤쪽

고 있는 것은 무슨 의미나 가치가 있는 것일까? 솔직하게 말해 상품으로서의 가치도, 굉장한 예술적 가치도 없는 무의미한 일을 왜 하는 것일까? 아도르노의 말처럼 그 무용성, 무용한 것이 생산되지 않는 시대에 무용함으로써 역설적 유용함을 증명하기 위해서일까? 그렇다고 답하면 멋있어 보이기도 할 것 같다. 하지만 아니다. 내가 생각하는 답은 할 수 없기 때문이다. 일종의 존재 증명까지는 아니더라도 내 삶 자체가 아무것도 아닌 것은 아니다라고 말하고 싶어서인지도 모른다. 이런 대답은 사실 자신의 비참함과 무력함을 숨기기 위한, 또는 변명하기 위한 위장이다. 그러므로 사진 혹은 미술은 내 변명이자 위장인 것이다. 그리고 나는 위장 이외에 다른 것을 솔직히 말해 믿지 못하겠다.

내 작품들은 디지털 카메라로 사진 찍고 컴퓨터에서 수정과 합성을 하고 프린터를 통해 프린트해낸다. 그 과정에서 뭔가 특별한 기술을 필요로 하지는 않는다. 사진을 찍을 때도 마찬가지이다. 내가 디지털 카메라를 통해 늘 포착했으면 하는 순간은 현실이 비현실적으로 보이는 어떤 때이다. 분명히 현실인데 도무지 현실 같지 않은 순간들. 그렇다고 해서 그 순간들이 에스에프 영화 같은 분위기를 말하는 것은 아니다. 오히려 그런 순간들은 지극히 평범한 풍경들에 있다. 놀이 공원, 식당, 장례식장, 해수욕장, 술집, 그린벨트, 드라마 세트 등등.

나는 지극히 무의미한 가짜 사진들을 만들고 싶었다. 미술 작품을 둘러싼 제도와 말과 이론들이 너무 짜증났기 때문이었다. 그래서 나는 내 사진들이 무의미하고, 공허하고, 황당무계하기를 바랐다.

그러나 사진을 찍고, 사진에 약간의 조작을 가하면서 내가 느낀 것은 그 사진들 속에서 자꾸 죽음을 읽게 된다는 것이었다. 그 죽음은 시간을 정지시키고 그 대상은 죽음의 상태에 있다는 사진 담론 속의 죽음은 아니었다. 현실 속의 죽음, 그러나 죽음이 아닌 다른 것으로 느껴지는 무엇이었다.

　예를 들면 우리는 닭을 잡는 대신 죽은 닭을, 물고기를 잡는 대신 죽은 물고기를 산다. 그 죽은 닭과 물고기들은 머리와 내장이 달아나고 마치 죽음이 아닌 것처럼, 시체가 아닌 것처럼 비닐에 싸여 포장된다. 그러므로 우리는 죽음에 대한 감각을 잃어버린다. 죽음이 아니라 물건과 상품으로 취급할 뿐이다. 죽음뿐만 아니라 삶에 대한 감각도 없다. 삶 자체도 비닐 랩에 싸인 지 오래인 것이다. 그 비닐 랩은 매끄럽고 투명하지만 아무것도 말해주지 않는다. 이러한 상태는 사물뿐만 아니라 풍경과 인간들에게도 그대로 적용된다. 그린벨트와 골목과 길과 거리와 세트장과 그 모든 곳에도.

　이러한 죽음, 공허는 자본주의 시스템이 열심히 생산해낸 것인데 사진 어디에나 들어있었다. 의도한 것이 아닌데도 말이다. 그러므로 할 수 없이 내 작품들은 결국 죽음에 대한, 시체선호증에 대한 사진이 되고 말았다. 혹은 크라카우어의 말처럼 의도하지 않았어도 피할 도리 없이 사진에 담기게 되는 파편화된 세계의 필연적인 측면일 것이다.

　결국 내 사진은 파편화된 세계를 파편으로 보여주는 것에 지나지 않는다. 그리고 이것은 과연 크라카우어가 말한 것처럼 그럴듯한 의미가 있는 것일까. 모르겠다. 의미라고 하니까 오래전에 읽은 어느 문학평론가의 말이 생각난다. 예술이 가치가 있는 것은 세상의 무의미와 싸우기 때문이라는. 돌이켜 보면 그 말은 아직도 전통적인 예술의 힘을 믿는다는 뜻이었다. 물론 나는 그런 로맨틱한 언사에 속을 만큼 젊지도 않고, 도저히 그런 말에 동의할 수도 없다. 아마도 무의미한 세계는 무의미하도록 내버려두는 것이 훨씬 더 나을 것이다.

어찌 보면 드라마 세트는 기이한 파편이다. 파편적으로 바라볼 수밖에 없는 세계 속에서 총체적 어떤 것을 의도하지 않으면서 일종의 가짜 파편을 만들어 그것을 다시 이미지로 옮기는 것은 일종의 제스처다. 그 제스처는 진짜를 갖고 싶다거나 보고 싶다는 것을 포기하고 이루어진다. 글의 처음에 인용한 에코의 말처럼 기억의 진공 상태에 대한 신경질적 반응임에 틀림없다.

청계천 할머니의 뒷모습

청계천은 복원된 것일까. 아니다. 그건 불가능하다. 단지 유사 복원이 이루어졌을 뿐이다. 거기에는 자연으로서의 시내가 가지는 공간적 여유가 없다. 단지 인공 석축 절벽 사이를 억지로 퍼올린 물이 흐르는 가짜 자연이다. 자연하천이 있었다는 기억을 가공해 인공하천으로 만들었을 뿐이다.

그러니까 청계천 복원은 복원이 아니라 일종의 새로운 종류의 개발이다. 때문에 주변 상가는 임대료가 오르고 노점상들은 쫓겨나고, 정치가는 득을 본다. 거의 모두 이익을 보는 것 같은 이 게임의 패자는 청계천을 삶의 무대로 삼던 사람들이고 처음 청계천을 복원하자는 아이디어를 냈던 사람들이다. 한 겨울 방산 시장에 천을 사러갔다 잠시 둘러본 나도 물론 패자다.

청계천 복원이 이뤄진다는 발표가 났을 때 황학동으로 사진을 찍으러 갔었다.

시립미술관에서 열릴 예정이던 청계천 관련 전시의 기획자 주문 때문이기도 했지만, 황학동은 내가 좋아하는 곳이었다.

청계천 공구상가, 을지로 도기, 인테리어 전문상가, 남대문 시장, 동대문 포목시장 모두 내가 즐겨 찾는 곳이다. 살 것이 없더라도 그냥 구경하러. 서울에 있는 시장은 서울의 자연이다. 논이나 밭 같은 자연. 가끔 밥을 굶기도 했던 대학시절, 황학동 시장은 월동 준비를 하러 해마다 들르던 곳이었다. 삼천 원이면 솜이 누벼진 따뜻한 정체불명의 코트 따위를 살 수 있었기 때문이다. 이십 년째 쓰고 있는 소형 카메라 가방도 거기서 샀다. 어쩌면 그보다는 인간이 만들어낸 다양한 물건들을 보는 즐거움이 가장 컸을 것이다.

청계천 복원 완공식이 있던 날 텔레비전 뉴스 화면은 미친 듯이 몰려든 사람들을 보여주었다. 청계천에 물 대신 사람들이 흘러가고 있는 것 같았다. 이건 또 무슨 병일까. 비슷한 시기에 국립박물관이 새로 개관했고 거기에도 사람들이 몰려들었다. 갑자기 문화와 환경에 대한 관심이 높아진 것일까. 물론 그건 아닐 것이다. 아마도 두 곳 모두 새로운 공짜 구경거리이기 때문일 것이다. 그리고 얼마 지나지 않아 그것이 사실임이 밝혀졌다. 국립박물관이 유료화되자 기다렸다는 듯이 사람들이 줄었다. 사람들이 공짜 구경을 좋아하는 것을 비난할 수는 없다. 나도 공짜 구경은 좋아하니까. 그리고 공짜 구경을 하는 동안 어쩌면 문화와 자연과 생태에 대한 관심이 약간은 높아졌을지도 모르니까.

청계천을 보지 않으려 해도 충무로와 을지로를 지나다 보면 어쩔 수 없이 보게 된다. 이게 뭘까. 겨울이라 썰렁한 석축 사이로 얼어붙은 물이 있고, 봄에 다시 살

〈황학동—목욕탕〉, 2003, 디지털 사진, 인화

아나리라고 보장할 수 없는 나무들이 추위에 벌벌 떨고 있다. 여름이 오면 어떨지 모르지만 지금으로서는 마치 잘 만든 하수구처럼 보이기도 했다. 너무 심한 말인가.

청계천의 복원은 드디어 우리도 생태 환경의 중요성을 알기 시작했다는 신호일까. 제발 그랬으면 좋겠지만 그럴 것 같지 않다는 생각이 자꾸만 든다. 생태 환

〈황학동—텔레토비〉, 2003, 디지털 사진, 인화

〈황학동—언덕〉, 2003, 디지털 사진, 인화

〈황학동-할머니〉, 2003, 디지털 사진, 인화

경적 도시 만들기라는 공무원들이 만든 외출용 말을 벗기고 보면 청계천은 무엇일까? 아마도 그것은 장소감을 인위적으로 재생하려는 시도라고 말할 수 있을 것이다. 장소감이 사라진 공간과 도시는 모두 다 비슷해 보인다. 예를 들자면 우리나라의 경우 어디를 가도 서울의 일부인 것처럼 보이게 되는 것이 그것이다. 특히 각 도시의 중심가들은 건물, 가게들뿐 아니라 사람들의 차림새, 먹는 음식 따위까지 비슷해졌다.

장소감을 인위적으로 만들어내려는 시도 자체로 나쁘지 않다. 하지만 그렇게 해서 장소감이 만들어지고 귀속력이 생길까. 아닐 것이다. 청계천의 복원은 서울이라는 도시 공간에 대한 반성적 재개발일 것이다. 하지만 최근의 올덴버그의 작품을 기념 조형물로 선정한 과정과 그 설치를 둘러싼 서울시의 태도를 보면 그 반성은 이미 물 건너갔다. 게다가 그러한 재개발, 생태 복원적 노력들조차 넓게 보면 무장소성을 강화하는 시도들의 한 부분에 지나지 않아 보인다. 청계천의 복원이 이루어지는 동안 청계 8가의 황학동에는 재개발 아파트를 짓고 있는 것을 보아도 알 수 있다. 서로 방향이 다른 재개발이 한 장소에서 부딪히고 있는 것이다. 한쪽은 정치적 생태 논리에 의한 복원이고, 한쪽은 경제적 혹은 투기적 욕망에 의한 재개발이다.

궁극적으로 청계천은 복원이 아니라 복원되었다는 이미지를 생산한 것이다. 원상회복은 근본적으로 불가능하기 때문에 복원된 새로운 청계천이라는 이미지, 자연하천에 맑은 물이 흐르고 수서 생물이 산다는 일종의 판타지의 실현이기 때문이다. 그리고 실제로 서울시에서 곳곳에 붙여 놓은 청계천의 이미지는 사실 박정희 시대에 익히 보았던 꿈의 미래 도시 그림과 지독히도 닮았다. 모던한 고층 건물 사이에 순수한 자연이 있다는 삼십 년 전의 환상이 재현되고 있는 것이다. 때문에 지리학자 데이비드 하비David Harvey의 말을 빌면 포스트 모던하게 재생된 장소로서의 청계천은 기껏해야 이미지로 생산되고 판매되며, 잘해봐야 역사적 자연을 박물관 문화 방식으로 다시 만든 경우에 지나지 않는다. 그러니까 그것을 무슨 정치적 업적이라고 주장하는 것은 일종의 대국민 사기인 셈이고, 그것을 부추긴 언론들은 방조죄를 저지른 것이다. 게다가 더 나쁜 것은 청계천이 일종의 하천 재생의 모델이 되었다는 것이다. 요새 지나가다 본 불광천이 그 모양이었다. 비록 냄새가 심하게 났고 썩은 물이 흘렀지만 어떻게 보아도 시내처럼 보이던 불광천 개조공사가 한창이었다. 내를 넓히고, 하상을 파내고 석축을 쌓고 있었다. 끔찍했다. 석축이라니. 시멘트 대신 석축이 들어서면 친환경적인 개발이라고 생각하는 것일까. 양재천이 모델이 되면 안 되는 것이었을까? 그래도 양재천이 더 나은데.

　청계천 삼일 아파트 대부분은 비어있었다. 견딜 수 없이 퇴락한 외관은 약간 무시무시했고 사람들이 빠져나간 내부는 범죄현장 같았다. 아파트 아닌 곳은 이미 철거가 거의 끝나 있었다. 군데군데 아직 퇴거하지 않은 집들이 있었고 햇빛이 사정없이 내리쬐었다. 야산에는 클로버가 지천이었고 그 사이사이 버려진 비디오테이프가 산더미처럼 쌓여 있었다. 빨간 스웨터를 입은 할머니가 아파트를 바라보며 천천히 지나갔다. 지나가고 난 뒤에도 잔상처럼 오래 남았고 결국 작품 속에 들어왔다.

사람이 살았던 집

사람이 살았던 집 **>** 미키네 집 **>>** 수련자 혹은 태산압정

사람이 살았던 집

    불광동으로 이사 오자마자 재개발 위원회가 만들어졌다. 사람들이 찾아오고 서명을 하라고 그런다. 모두 싫어서 거절한다. 북한산 서남쪽 자락을 타고 앉은 준산동네인 불광 1, 2동은 이미 몇 군데 아파트가 들어섰다. 북한산을 가린다. 무섭다. 언젠가 집들이 다 사라질 것이다. 그 자리에 아파트가 들어설 것이다. 그러고 나면 북한산은 꼭대기만 아슬아슬하게 보일 것이다. 집들이 다 사라지기 전에 진관외동까지 카메라를 들고 돌고 또 돈다. 틈만 나면 버스를 타고, 걸어서 살피고 찍는다. 그러면서 『열하일기』를 생각한다.

    내가 개인적으로 가장 좋아하는 책 중 하나가 『열하일기』다. 물론 그 밖에도 사마천의 『사기』, 『장자』, 헤로도투스의 『역사』, 이지의 『분서』, 이하의 시, 마르께스와 아서 클락, 까뮈, 보르헤스 소설, 푸코의 책 몇 개, 바르트의 『신화 』 등이 좋지만 가장 여러 번 읽은 책의 하나가 『열하일기』이다.

　스물세 살, 첫 발령지에서 나는 『열하일기』를 만났었다. 제대로 된 도서관이 있을 리 없는 육 학급짜리 학교에 정신문화연구원 무슨 이름을 가진 단체에서 번역한 『열하일기』가 있었다. 『대동야승』, 『연려실기술』, 『만기요람』 등과 함께였다. 두말할 필요 없이 학교가 필요해서 산 책이 아니라 사야만 하는 책들이었다. 하지만 『열하일기』는 내 눈을 띄워 주었다. 그런 기회가 아니면 언제 그 책을 읽었으랴. 수업이 끝나고 할 일이 없는 오후, 따스한 햇볕이 드는 빈 교실에 앉아 『열하일기』를 읽고 또 읽었다. 내가 거기서 본 것은 100년도 더 전 박지원이라는 지식인

〈사람이 살았던 집, 동네〉, 2005-6, 디지털 사진, 인화

사람이 살았던 집

의 눈을 통해 본 청나라였다. 아니 그의 눈을 통해서 본 조선이었다. 요즘 식으로 말하자면 지식인 연암, 그러나 변방의 지식인이 쓴 당대의 세계 최강국이자 선진국인 청나라 기행문. 그 기행문 속에는 합리성, 낡은 관습들에 대한 저항, 답답증과 한탄, 그리고 그런 자신에 대한 냉소적이지만 자신감 있는 시선이 있었다.

그가 청나라에서 본 것은 부서진 기와장과 똥거름 무더기였다. 그는 스스로 그렇게 요약했다. 실용성과 합리성. 그것들이 같은 규격을 가진 벽돌 제도에 대한 옹호를 낳고, 수레의 규격과 전국에 도로망을 건설해야 한다는 열망을 낳았다. 가끔 그의 시선으로 지금 우리의 삶을 본다면 싶을 때가 있다. 우리가 사는 규격화된 벽돌로 지은 집들, 수없이 많이 다니는 수레 등등을 연암은 어떤 시선으로 바라볼까. 진관내외동, 불광동을 돌면서 그 생각을 한다. 연암은 당대 조선의 가옥제도, 서민가옥에 대해서도 말했다. 방 구들, 목재와 집의 칸살이 어떻게 하면 더 효율적일 수 있을까에 관한 생각을 청국의 일반 주택을 보며 썼다.

통째로 바위덩어리인 북한산, 수리봉 옆구리의 불광동 재개발 지역의 집들을 보았다면 연암은 무슨 말을 했을까? 그의 말대로 효율적이고 합리적으로 보이는 수많은 건축물들 사이에서 산비탈에 기대어 겨우 서 있는 듯한 집들. 그는 침묵했을까 아니면 또 다시 먼 외국의 예를 들어 좀 더 합리적이고 그럴듯한 해결책을 제시했을까.

산비탈의 집들은 하나도 같은 게 없다. 입지 조건에 따라 제각각이다. 어떤 집은 바위에 기대어 있고 손바닥만한 마당이 바로 바위인 집도 있다. 물론 드나드는 것부터 사는 것까지 모두 불편했겠지만 그 공간들은 개인적 삶과 일치되어 있었을 것이다. 일치는 공간을 형성하는 과정에서 거주자가 직접 참여했기 때문에 생긴 일이다. 바위투성이의 산언덕에 한 채의 집을 짓는 것은 얼마나 어려운 일인가. 비탈진 곳을 평평하게 고르고, 무거운 재료들을 운반하고 그것들을 제 위치에 놓고, 시멘트를 발라 계단을 만들고… 무엇보다 돈을 마련해야 하고. 때문에 꼭대기로 갈수록 바위들이 길과 마당에서 불쑥불쑥 튀어나와 있다. 심지어 어떤 집은 방 한쪽 벽이 바위로 되어있기조차 하다.

거리를 두고 바라보면 그 집들은 사람이 어떻게 공간에 적응하고, 그것들을 이용해 삶을 꾸리는지를 잘 보여준다. 재료들이야 빤하다. 시멘트, 기와, 목재, 플라스틱 등등 결국 아파트를 짓는 재료와 똑같다. 하지만 그 재료들에는 놀라운 개별성과 개성이 있다. 아니다. 아무래도 내가 집이라는 공간을 무슨 작품 보듯이 하는 것 같다. 이것도 아주 나쁜 병이다. 모름지기 사람이 사는 집이란 드나드는 것부터 살림살이까지 모두 편한 것이 첫째일 테니까.

사람이 살지 않는 집들은 비자마자 사람들의 공격을 받는다. 계단의 난간과 방안에 깔린 구리 온돌 파이프를 사정없이 뜯어간다. 그 위에 쓰레기와 이사 간 사람들이 버린 물건들을 보며 그들의 삶을 추적한다. 누군가는 앨범을 통째로 버리고 갔고, 경찰 공무원인 듯한 누군가의 집에는 파출소장에서 경찰서 고위직이 될 때까지의 명패가 모여 있다. 어느 집에서는 가족의 호적 등본이 통째로 발견된다. 부부 모두 시골 출신이고 서울에 올라와 무수히 이사를 다닌 흔적이 고스란히 남아있다. 남의 일 같지가 않다.

건너편 연립주택 옥상에서 다시 그 집들을 찍는다. 그러나 어떻게 찍어도 사진

〈사람이 살았던 집, 축대〉, 2005-6, 디지털 사진, 인화

〈사람이 살았던 집, 붉은 지붕〉, 2005-6, 디지털 사진, 인화

사람이 살았던 집

은 평면만 기록할 뿐, 그 공간들을 재현하지는 못한다. 좋은 수가 없을까. 유일한 방법은 저 집들 중 한 스무 채를 남겨 놓는 것이다. 이것도 박물관화의 일종일까. 그래도 좋다. 할 수만 있다면. 실제로 인천에서는 달동네 집들을 재현해 놓았다는 소식을 듣기도 했다. 하지만 재현은 불안하다. 원래의 공간과 장소가 가지는 현실 감은 빠진 채 기억을 불완전하게 재현하기 때문이다. 어쨌든 이 집들을 다 부순다 는 것은 너무 아깝다. 스무 채가 아니면 열 채라도, 그것도 아니면 한 채라도 제대 로 남겨두면 얼마나 좋을까. 그래서 일종의 주거 역사관 내지는 박물관으로 만들 면 안 될까. 서울의 몇몇 한옥들이 그러하듯이 산비탈의 이 집들도 충분히 그럴 가 치가 있는데. 사진을 찍으면서도 내내 그 생각이다.

　석 달 뒤 철거가 시작되었고 다시 한 달 뒤 집들은 흔적도 없어졌다. 그러니까 여기 실린 사진들이 그 집들에 대한 거의 마지막 기록인 셈이다.

미키네 집

사람들은 이사를 가면 무엇을 버리고 갈까. 그런 통계는 없으니까 빈집들을 돌아다니며 눈으로 대강 살펴보고 어림짐작해본다. 가장 먼저 눈에 띄는 것은 침대와 장롱 같은 가구, 그 다음이 가전제품, 다음은 비디오와 어학 테이프, 오래된 그릇들, 그리고 장난감들이다. 플라스틱 자동차가 폐차장처럼 모여 있다. 그 옆에서 장난감 집을 발견한다. 노란 벽체와 분홍색 지붕, 정면에는 미키 마우스가 찍혀있다. 인상적이다. 이 집을 어디에 쓸까 생각하다 옥상에 올라가 물탱크 위에 올려놓고 사진을 찍어본다. 진짜 빈집 위에 가짜 빈집을 올려놓고 찍는 셈이다. 문자 그대로 하나의 기호인 장난감집을 역시 쓸모없는 기호가 된 집 위에 놓고, 이미지에 불과한 사진을 찍는다. 그러니까 이건 놀이다. 그냥 빈집들이 늘어선 마을을 돌며 찍는 것보다 이게 더 재미있다.

여기 저기 집을 들고 다니며 사진을 찍는다. 미키네 집이 마치 주인공인 것처럼. 누군가 이 비슷한 작업을 한 사람이 있을지도 모르지만 뭔 상관이랴. 아예 미키네 집을 담아 들고 다닐 비닐봉지를 찾다가 쇼핑백을 하나 발견한다. 딱 맞는다. 모든 준비가 끝났다.

그러나 바람을 예상 못했다. 지붕 위에 올려놓고 찍다가 바람 때문에 연립주택 사층에서 미키네 집이 떨어진다. 다행이 주워 올릴 수 있는 곳인데 집이 부숴졌다. 아쉬운 대로 버리고 간 스카치테이프를 주워 집을 수리한다. 겨울에 주운 집을 다시 겨울이 올 때까지 들고 다니며 사진을 찍는다. 지붕 위, 방 안, 나무 위, 길, 계단… 집을 올릴 수 있는 곳이면 어느 곳이든 올려놓고 찍는다. 연립 주택 옥상에 미키네 집을 올리고 흘러가는 구름이 그 위에 멈출 때를 기다려서 찍는다. 언젠가 동화 속에서 본 듯한 풍경이 된다. 아니 본 적이 없다. 단지 본 적이 있다고 생각할 뿐.

그 사이 포크레인이 곳곳을 헤집고 다닌다. 한 채씩 집이 사라지고 어느 날 현장 사무실과 함바식당이 들어선다. 현장사무실 앞에는 새로 들어설 아파트 조감도가 붙는다. 일요일, 아파트 입주예정자들이 찾아와 자기네가 들어가 살 아파트의 위치를 가늠하며 가족 나들이를 한다.

돌아다니는 범위를 넓혀본다. 진관외동이다. 그곳 역시 은평지구 신도시 개발 때문에 헐릴 곳이다. 집집마다 철거할 대상임을, 보상이 끝났음을 알리는 페인트 글씨가 함부로 쓰여 있다. "빠른 이사가 최선." 돌아다니다 만난 주민들의 반응은

〈미키네 집, 방안〉, 2005-6, 디지털 사진, 인화

심드렁하다. 이들 가운데 입주권을 받더라도 아파트에 입주할 수 있는 사람들은
과연 얼마나 될까. 십 퍼센트도 안 될지 모른다고 지나가는 등산객과, 빈집을 돌
아다니며 쓸 만한 물건을 모으던 아저씨가 말한다. 그 아저씨는 덧붙여 자기가 뉴
욕에 한 십 년 있었는데 거기서는 어마어마하게 큰 포크레인을 차로 싣고 와 조립
해서 쓴다며, 이따위로 재개발을 해서는 안 된다고 투덜댄다. 어쨌든 지금 내가
거기 산다면 입주권을 받아도 소용이 없다. 임대아파트가 아닌 한. 그러니까 남의
일이 아닌 것이다. 아니 역시 아직 남의 일이다. 그러니까 사진을 찍는 게지.

역시 사진은 구경의 일종이다. 뭐라고 떠들어도 시각적인 것이 먼저다. 그 구경거리를 찾아서 걷고 걷다 결국 북한산에 오른다. 수리봉 꼭대기에 앉아 서울을 본다.

서울 근교 그린벨트 지역에서 태어나 서울에서 자란 이십 대의 누군가는 서울은 거대한 공갈빵 같은 도시라고 말한다. 나도 그 말에 공감한다. 나는 서울에서 태어나지도, 자라지도 않았지만 서울은 공갈빵이다. 그 규모가 너무 커서 도무지 짐작이 안 가는 공갈빵. 그러고 보니 짐 캐리가 나왔던 어떤 헐리우드 영화가 생각

〈미키네 집, 풀밭〉, 2005-6, 디지털 사진, 인화

난다. 거대한 스튜디오 안에서 평생 텔레비전 중계용 삶을 살다가 그것을 깨닫고 바다를 건너 진짜 세계를 찾아가는. 그러나 그 이후도 우리는 짐작할 수가 있다. 아무리 몸부림 쳐봐야 하나의 공갈빵 안에서 다른 공갈빵으로의 이동이 있었을 뿐이리라는 것을.

현실은 양파 껍질 같은 여러 겹의 공갈빵으로 되어 있다. 서울도 마찬가지이다. 서울이라는 공갈빵이 지겨워서 서울 밖으로 나가봐야 작은 규모의 서울, 혹은 서울을 꿈꾸거나 서울의 일부를 잘못 옮겨놓은 것 같은 공갈빵을 만날 뿐이다

서울은 하나의 도시가 아니다. 그 안에 무수히 많은 도시들이 존재하는 복잡한 다층적 구조, 앞서 말했던 겹공갈빵의 구조를 가지고 있다. 이것은 메트로, 혹은 메갈로폴리스와도 다르다. 도심, 부도심, 변두리 따위의 문제도 아닌 것 같다.

서울을 지리적 지도가 아니라 인식적 지도, 혹은 심리적, 정치 경제적, 문화적 지도로 따로 그려보면 그것은 더 분명해질 것이다. 경제적 지도에서 그 크기가 확대될 강남은 문화적 지도에서는 어떨까? 강북구나 양천구의 경제적 면적은 얼마나 될까? 어디서, 어떻게 거주하고, 계급적 지위와 경제적 소득 따위에 따라 서울은 전혀 다른 도시가 된다. 누군가는 지리적으로는 서울에 있지만 경제적, 심리적, 문화적으로는 여전히 변방에 있고, 또 누군가는 그 반대가 된다. 적어도 대한민국에 사는 사람들 수만큼의 서울이 있을 수 있다. 물론 서울만 그런 것은 아니지만 서울은 그 모든 것을 대표한다.

극히 일부를 제외하면 서울의 모든 것들은 장소의 표절place plagiarism이다.

〈미카네 집, 언덕〉, 2005·6, 디지털 사진 인화

사람이 살았던 집

〈미기네 집, 철거중〉, 2005-6, 디지털 사진, 안위

사람이 살았던 집

〈미키네 집, 계단〉, 2005-6, 디지털 사진, 인화

사람이 살았던 집

《미키네 집, 접근》, 2005-6, 디지털 사진 인화

〈미키네 집 구움〉, 2005–6, 디지털 사진, 인화

사람이 살았던 집

물론 이러한 표절은 서울뿐만 아니라 세계의 모든 도시에서 나타나는 일반적인 현상이다. 그러나 특히 서울의 경우 그 표절은 과정 자체가 지독하게 왜곡되어 있다. 거의 모든 것이 뒤틀린 서울은 일종의 배타적인 중독된 장소감poisoned placeness을 낳는다.

중독된 장소감이란 장소가 가지는 긍정적 역할인 합리적인 균형이 깨질 때 다른 장소와 사람들을 경멸적으로 다루게 되는 것을 뜻한다. 즉 특정한 장소와 거기에 거주하는 사람들 사이에 우월성을 공유하며, 다른 장소와 거주민에 대한 공포를 부풀리며 결국 배타성을 띠게 된다. 그것이 국가적인 단위로 나타난 경우가 나치 독일이다. 나치 독일은 국가적 경관, 문화에 대한 강박적 사랑으로 인해 자기 나라에 속하지 않는다고 여겨지는 모든 사람과 모든 것을 제거함으로써 자신들의 나라를 정화하려는 시도를 했던 것이다.

이와는 다르지만 서울 강남은 바로 이러한 중독된 장소감을 갖고 있는 지역의 하나이다. 그 중독성은 강남에서 태어나 강남에서 자란 사람들이 서울의 강북과 여타 지역에 대해 공포감, 혹은 선민의식을 갖는 형태로 나타난다. 그리고 스스로 의식하지 못한 사이에 이른바 폐쇄적 장소place cocoons를 형성하게 된다. 폐쇄적 장소는 유럽인들이 식민지를 건설하면서 식민지의 받아들이기 싫은 여러 조건들이 그들이 사는 곳에 들어 오는 것을 막기 위해 폐쇄적 거주지를 만든 데서 비롯된다. 우리나라의 경우에는 일제시대 서울에 형성되었던 충무로, 남산 일대의 일본인촌 따위가 그 전형적인 예이다. 강남 역시 갈수록 그 경제, 권력의 독점적 위치를 공고히 하면서 폐쇄적인 장소를 형성하고 있는 것이다.

폐쇄적 장소로서의 강남은 서울의 다른 지역과 대한민국 전체를 식민지로 삼는 일종의 내부 식민지배 지역이 된다. 또한 그곳은 뉴욕이나 파리, 런던의 식민지 노릇을 한다는 양면적 성격을 갖는다.

그리고 그 폐쇄적 장소, 중독된 장소감이 역으로 강남 사람들에 대한 편견을 낳고 범죄의 대상이 되게 한다. 근래에 있었던 강남 지역 사람들을 대상으로 한 연쇄 납치 사건 따위가 그것이다. 이 공격성은 서울, 혹은 대한민국이라는 장소에서 생산된 권력과 경제적인 박탈감과 무력감에서 비롯된다. 아주 과장해서 말하면 강남의 지배를 받는 식민지 원주민의 범죄적 저항 양식인 것이다. 그리고 그것이 바로 서울이라는 공간이 합리적인 균형을 이룬 동질적 공간이 아니라 서로 폐쇄적이고 배타적인 공간들이 집합되어 있다는 증거이기도 하다.

배타적이고 폐쇄적인 장소들의 무차별적 집합인 서울은 시각적으로도 끔찍한 경관을 형성한다. 지금 내가 있는 수리봉 같은 높은 곳에 올라가 보면 서울의 입지, 경관이 대단히 탁월하다는 것을 알게 된다. 도시를 둘러싼 산과 강을 찢고 갈라놓은 길과 건물들을 마음속에서 지워버린 다음 바라보면 서울은 아름답다. 그러나 그 아름다움은 과거의 것, 혹은 완전한 공상적 아름다움에 지나지 않는다. 때문에 좀 뻥을 치자면 서울은 갈수록 소르킨Michael Sorkin이 말하는 시간과 공간이 쇠퇴해버리고 장소성이 없는 도시인 반지리학적 도시ageographical city가 되어간다.

날이 어둑해진다. 평소에 다니지 않는 길로 수리봉을 내려온다. 빈집들이 있는 그 동네로. 아직 이사 가지 않은 집들에 불이 켜진다. 우리나라 사람들이 꿈꾸는 이상적인 집은 어떤 것일까? 붉은 지붕과 노란 벽을 가진 서양식 미키네 집은 우리나라 사람들이 꿈꾸는 이상적인 가옥의 형태일까.

그것이 이상적 가옥이건 아니건 아이들에게 집을 그리라고 시켜보면 아이들은 분명히 아파트에 사는데도 지붕과 창문과 굴뚝을 가진 집을 그린다. 그러니까 아이들에게 아파트는 집이 아닌 것이다. 르 코르뷔지에의 말처럼 일종의 거주 기계일 뿐. 어른들은 어떨까. 아마도 어른들도 마찬가지일 것이다. 그러나 사람들은 아파트를 선택한다. 그러면 우리나라 사람들이 꿈꾸는 이상적 가옥은 아파트일까?

도무지 알 수가 없다. 아니 알아도 소용없다. 사실 집이 없는 모든 사람들에게는 이상적인 집이 아니라 그냥 자기 집이 필요하고, 한 채 이상의 집을 가진 사람들에게는 살 집이 아니라 집값이 오르는 것이 보장된 투기가 필요한 것일 테니까.

수련자 혹은 태산압정

    〈미키네 집〉을 대강 찍고 나서 뭐 또 그럴 만한 물건이 없을까 찾는다. 원래는 버리고 간 물건들을 정물처럼 잘 진열해 놓고 한 컷씩 찍을 생각이었는데 뭔가 탐탁지가 않다. 이곳저곳에서 봉제 인형을 살펴본다. 인형의 종류는 생각보다 다양하지 않다. 동물, 사람이 거의 전부다. 가끔 곤충이 있기는 하지만 그것도 동물의 일종일 뿐이다. 대신에 캐릭터는 다양하다. 푸우나 스누피 같이 잘 알려진 것에서부터 난생 처음 보는 얼굴에 이르기까지. 어떤 집에서는 거의 중고 봉제 인형 장사를 해도 될만큼 많은데 모조리 버리고 갔다. 아이가 갖고 놀 필요없을 만큼 컸거나 인형의 생명력이 짧다는 얘기일 것이다.

    인형들 중 특이한 인형을 발견한다. 눈에 잔뜩 힘을 주고 웃통을 벗어 젖힌 게 격투기 선수 모습이다. 정체는 모르겠지만 아마도 게임 캐릭터일 것 같다. 미키네 집과 마찬가지 방법으로 그 인형을 여기저기 놓고 사진을 찍는다. 땅 속에 몸을 묻고, 전신주에 달라붙고, 지붕 위에 올라가고, 전선에 매달린다. 배경으로는 철거될 집들이 들어간다. 일종의 꼼수를 쓰는 것이다.

사진을 웬만큼 만들고 나자 정체가 궁금해진다. 도대체 어떤 캐릭터일까. 격투기 게임 캐릭터인 건 알겠는데 '심 시티' 이래 게임과는 담을 쌓고 사는 처지라 인터넷을 뒤진다. 얼마 뒤지지 않아 금방 밝혀진다. 카즈야 미시마Kazuya Mishima. 남코라는 일본 게임회사가 95년에 발매한 '테이켄鐵拳'이라는 게임의 등장인물이다. 95년 산이니 나이가 꽤 든 캐릭터이다.

게임도 진화해서 다섯 번째 버전이 출시되었고, 외양과 내용도 달라졌다. 물론 이 게임을 해본 적은 없다. 카즈야의 주특기는 일본 공수도니 내가 작품 제목으로 붙인 중국 무협 소설에 등장하는 초식들과는 별 관계가 없다. 그러나 뭐 어떠랴. 어차피 가짜인 것을.

작품 하나하나에 이름을 붙여주기 위해 다시 인터넷을 뒤져 중국 무협의 초식 이름을 찾는다. 몇몇은 아직도 기억하고 있다. 태산압정泰山壓丁, 횡소천군橫掃千軍, 장홍관일長虹貫日, 만천화우滿天花雨… 등등의 초식 이름과 기타 등등. 오래 전 무협 소설을 열심히 읽던 시절의 기억이다. 거의 넉 자의 한자로 이루어진 이름들은 시적이고 과장되어 있다. 태산압정은 간단히 위에서 아래로 상대의 머리를 내려치는 초식이고, 횡소천군은 가로 휘두르는 초식이고, 만천화우는 암기를 잔뜩 뿌리는 것인데 한자로 써놓으면 뭔가 그럴듯해 보인다.

《수련자, 요가소지》, 2005-6, 디지털 사진, 인화

　인터넷 무협 전문 사이트에는 무협 소설에 등장하는 구방일파와 세가, 기이한 종교들에 대한 해설과 온갖 무공들이 잘 분류되어 있다. 마치 모든 것이 실제로 존재하는 것처럼.

　무협 소설을 처음 읽었던 것이 언제였던가. 아마도 중학교 이학년 시절 친구에게서 빌려본 것이 처음이었던 것 같다. 와룡생이 쓴 『비룡』이라는 소설이었다. 원제는 기억나지 않지만 등장인물들의 이름 몇이 떠오른다. 주약란이란 이름의 비운의 명나라 공주, 남자 주인공은 곤륜파의 양씨 성이었는데 이름은 기억나지 않는다. 대신에 악역을 맡은 도옥이란 이름은 금환이랑이라는 별호까지 생각난다. 아 다시 기억났다. 남자 주인공은 양몽환이었다. 맞나?

〈수련자, 능공허보〉, 2005-6, 디지털 사진, 인화

사람이 살았던 집

〈수선지, 대산읍3〉, 2005-6, 디지털 사진, 인화

사람이 살았던 집

〈수련자, 금강불괴〉, 2005-6, 디지털 사진, 인화

사람이 살았던 집

〈수련자, 죄우닉화〉, 2005-6, 디지털 사진, 인화

사람이 살았던 집

〈수련자, 우탁천근〉, 2005-6, 디지털 사진, 인화

사람이 살았던 집

아무래도 좋다. 지금 다시 읽으라면 도저히 다시 읽을 수 없을 것 같지만 흠씬 빠져서 읽었었다. 그 뒤로 학교 도서관에 있는 무협 소설을 읽기 시작해서 대여점들을 훑고 새 소설이 나오기를 기다리고 기다렸다. 소설 제목들이 뭐였더라. 『비호』, 『금검지』… . 이런 전혀 생각이 안 난다.

다시 무협지를 본 건 거의 삼십 년이 지나 김용의 소설이 제대로 번역되어 나온 뒤였다. 그것도 꼭 읽고 싶어서가 아니라 처음 책을 쓸 때 진도가 너무 안 나가서 뭔가 도망갈 곳이 필요해서였다. 김용의 소설이 그중 나았다. 내친김에 추리적인 요소가 가미된 고룡도 읽었다. 그 뒤로 쏟아져 나온 국내 작가 몇을 읽었는데 좌백 정도가 기억난다.

무협지는 판타지다. 그 판타지는 당연히 비현실적이고 과장되어 있다. 서양의 마술과 마법이 판타지이듯이 무협 역시 같은 역할을 한다. 그 무협지 속에 등장하는 무술초식, 내공수련 방법의 일부는 실재한다. 앞서 말한 몇몇 초식의 경우가 그렇다. 그러나 대부분의 초식, 무협 계보, 구방일파, 세가 등등은 가짜다. 그 가짜들이 모여 하나의 세계를 이룬다. 그 세계는 인터넷 무협 사이트이기도 하고 게임의 세계이기도 하다. 그 게임의 세계의 일부가 인형으로 현실화된 것이 바로 〈수련자〉에 등장하는 카즈야이다. 그러므로 카즈야는 현실의 일부가 되었다. 사실일까? 생각해보면 카즈야라는 인형은 등장 배경을 아는 사람들에게만 의미가 있다. 그러므로 부분적으로 현실이 된다.

물론 초기 무협의 세계는 중화적 세계관, 변방 민족들에 대한 경멸과 경계, 권선

징악적 이데올로기, 불교와 도교 이외의 종교에 대한 편견 등등이 이념적 배경을 이룬다. 주인공들은 빼어난 용모와 탁월한 능력을 가졌고 예외 없이 남성중심주의와 가부장적 세계관을 열심히 실천한다. 그러니까 무협지는 중화적 남성판타지인데 뭐 그만하자. 내가 지금 무협지에 대한 비평을 쓰려는 것은 아니니까.

어쨌든 〈수련자〉의 카즈야는 가짜고 가짜니까 현실에 등장시켰다. 그는 담에 꽂힌 유리병에 몸을 비비며 금강불괴가 되고, 전기줄을 타고 능공허보를 실천하고, 벽에 달라 붙어 벽호공을 시전한다. 이 연출이 무너지고 새로 지어지는 서울 외곽의 집들과 원주민들에 관해 뭔가 말하고 있을까. 현실주의적 관점에서 보면 이는 비난받을 일일지도 모른다. 그러나 나는 뭔가 비틀고 싶었다. 이 비틀림도 어쩌면 도망의 일종일 것이다. 능공허보凌空虛步나 초상비草上飛 수법으로 도망가며 현실 세계에 대한 적엽비상摘葉飛傷—잎사귀 따위를 뿌려 상대방에게 상처를 입히는 고등 무술— 수법을 실현하고 싶었는지도 모를 일이다. 물론 이따위 사진에 상처 받는 사람은 없겠지만.

〈수련자〉에 등장하는 카즈야 인형이나, 〈미키네 집〉의 장난감 집은 영화 용어를 빌자면 일종의 멕거핀이다. 멕거핀이란 잘 알다시피 스릴러 장르 영화에서 별로 중요하지 않은 소도구들을 마치 중요한 것처럼 자주 보여줘 관객을 속이는 장치이다. 물론 이 장치는 소도구가 아니라 인물일 수도 있고 사건일 수도 있다.

그런 장치로서 카즈야는 효과를 발휘했을까? 물론 사진은 영화가 아니다. 서술적인 능력이 없다. 그래서 한 장면에 서술적인 요소와 시각적 은유, 멕거핀 장치 그 너머의 무엇을 보여주어야 한다. 사진이 어려운 것은 바로 그 지점이다. 시각적인 장면 하나로 모든 것을 압축해야 하는 것이다. 게다가 그 압축은 반드시 사진 찍는 사람의 뜻대로 이루어지는 것은 아니다. 거기에는 너무나 많은 우연들, 통제할 수 없는 요소들이 있다. 카즈야는 그 장애물들을 뚫고 얼마나 갔을까? 내가 카즈야를 들고 돌아다녔던 곳은 사람이 살았던 집과 그 흔적들이었다. 그리고 그 흔적들은 시각적으로 힘이 세다. 그 힘과 멕거핀으로서의 카즈야 사이의 긴장 사이를 태산압정 한 수로 내려쳤을지 의문이다. 카즈야가 그렇듯이 나도 여전히 수련 중인 것이다.

Best & New Books

꿈을 꾸다가 베아트리체를 만나다

싸이월드 베스트 페이퍼 선정!
교보문고 온, 오프라인 베스트셀러!

사실주의, 프레스코, 르네상스……. 시대와 사조, 기법을 알고 익히
느라 가슴으로 그림을 느끼기엔 너무 벅찼던 이들에게, 급한 일을 모
두 마치고 한숨 돌릴 여유가 생긴 오후의 차 한 잔 같은 그림 이야기
이다. 아는 그림이라도 홀가분하게 책장을 넘기며 그 그윽한 향기에
취할 수 있다면 얼마나 좋은가. 싸이월드 페이퍼 〈Musée du Nuri〉
에서 가장 많은 관심과 사랑을 받은 페이퍼는 물론 책을 통해 처음 공
개되는 다수의 글에 정성들여 고른 그림을 실었다. 이 책은 처음부터
어려운 미술사적 관점으로 접근하기보다 그저 쉽고 친근하게 그림에
다가갈 수 있는 징검다리이자 자신만의 그림 여행에 기꺼이 함께 할
길동무가 되어줄 것이다.

세계 명화 속 숨은 그림 읽기

상징과 테마를 알면 그림이 보인다

베르메르의 〈연애 편지〉에 등장하는 "그림 속 그림"은 무엇을 의미
할까? 르네상스 시대 정물화에 레몬이 자주 등장하는 이유는 무엇
일까? 루벤스는 〈마르스로부터 팍스를 숨겨주는 미네르바〉에서 "평
화"를 어떻게 표현했을까? 옛 거장들의 현란한 묘사 뒤에는, 시간이
흐르면서 그 의미가 묻혀버린 상징, 테마, 모티브들이 숨어있다. 이
책은 이탈리아, 플랑드르, 독일, 스페인 등의 거장들이 그린 180여
점의 작품을 하나하나 해부한다. 짧은 소개글과 관련된 세부 이슈에
대한 설명을 실었고, 해당 작품이 특정한 문학 작품이나 신화, 성서
의 일화를 소재로 하고 있을 경우에는 그 전문(全文) 또는 발췌문을
인용함으로써, 가볍게 명화를 "훑어보려는" 분들과 좀 더 체계적으
로 접근하고자 하는 분들 모두에게 유용하다.

꿈을 꾸다가 베아트리체를 만나다 박누리 지음 | 274쪽 | 13,000원
세계 명화 속 숨은 그림 읽기 파트릭 데 링크 지음 | 박누리 옮김 | 371쪽 | 19,500원

100편의 명화 시리즈

일찍이 예술 작품이 박물관에서 이토록 정성스럽게 떠받들어진 일이 없었고, 교회며 대성당을 오늘날처럼 많이 방문한 적 또한 없었다. 그러나 역설적으로 그 엄청난 예술적 문화유산이 지니는 의미가 이토록 망각되었던 적도 없다.

옛 거장들은 그들의 그림에서 무엇을 이야기하려 했고, 또 어떻게 그것을 전달하려 했을까? 100편의 명화 시리즈는 이 물음에 알기 쉽고 소박한 답을 제시한다. 서구 문명의 가장 오래된 내러티브라 할 수 있는 구약성경의 위대하고 범 우주적인 주제와, 아주 일찍부터 예술가들에게 영감을 불어넣었던 예수 그리스도가 탄생시킨 수많은 걸작 중의 걸작들. 오랜 세월 인류 보편의 문화유산을 지탱하는 초석이 되어 온 그리스 로마 신화와 오랫동안 철학과 문학 그리고 예술에 무궁무진한 영감을 제공해 온 마르지 않는 샘, 고대사까지.

이 시리즈는 독자 한 사람 한 사람으로 하여금 백 편의 걸작 회화를 통해 구약, 신약, 그리스 로마 신화, 고대사의 경이로움 속에 잠길 수 있게 하며, 우리 문명의 영적 · 문화적 기초들이 지닌 힘과 아름다움을 재발견하게 해준다.

지금 서점에서 만나실 수 있습니다.

1001Series

잊혀지지 않을 영화 1001편의 추억과 감동을 영원히!

이 중 내가 본 영화는 몇 편?

만약 당신이 시대와 장르와 국적을 가리지 않는 영화광이라면, 히치콕의 '사이코'에서 비명을 지르는 재닛 리의 얼굴이 담긴 이 책의 표지에서부터 전율을 느낄 것이다. 책 뒷면에 실린 얼굴은 '오리 수프'에서의 능청스러운 그루초 막스다. 이 명백한 대조가 무엇을 상징하는지는 책을 펼쳐보면 곧바로 알 수 있다. '10월'과 같은 좌파 영화에서부터 '설리번의 여행'처럼 숨겨진 할리우드 고전이 망라되고, '쇼아'와 '천녀유혼'이 행복하게 공존한다. 플롯 소개와 유려한 논평은 물론 역사·문화적 맥락까지 꼼꼼히 짚은 서술 또한 풍부하다.

– 조선일보에 실린 도서 소개 중에서

1001가지 시리즈는 계속됩니다.